LOVERBOYS 15

MÄNNERSPORT

VON
CLAY CALDWELL

BRUNO GMÜNDER

Die in diesem Buch geschilderten Handlungen sind fiktiv.

Im verantwortungsbewußten sexuellen Umgang miteinander gelten nach wie vor die Safer-Sex-Regeln.

Loverboys 15

Aus dem Amerikanischen von Gerold Hens

Leuschnerdamm 31, D-10999 Berlin

Originaltitel: Jock Studs

Umschlaggestaltung: Stefan Adler
Coverfoto: © Falcon Studios, 1999
Druck: Nørhaven, Viborg, Dänemark

ISBN 3-86187-045-2

INHALT

Vorwort....6
Das große Spiel....9
Zug um Zug....28
Doppelpartner....44
Schnelle Bahn....65
Wellenreiter....84
Schussfahrt....103
Das Superei....132
Aufnahmerituale....148
Vorhand....166
Geheimgesellschaft....188

VORWORT

RAUH UND WILD MIT CLAY CALDWELL

von Aaron Travis

Clay Caldwell kann es einem heftig besorgen. Clay Caldwell kann es einem zärtlich besorgen. Und manchmal kann Clay Caldwell auch beides zugleich ...

Vor einigen Jahren hatte Clay Caldwell, der in der südkalifornischen Wüste lebt, in der Bay Area zu tun und kam auf einen Sprung vorbei. Er bat mich, mit nach draußen zum Auto zu kommen. Er öffnete den Kofferraum. Darin war ein Pappkarton voll mit alten Pornotaschenbüchern – insgesamt über sechzig –, die alle Clay geschrieben hatte. In dem Karton war ein Leben angesammelt – im wahrsten Sinn des Wortes. Clay wollte mir die gesamten Bücher geben. Aber wie konnte er sich von ihnen trennen? Na, sagte er, angesichts der Tatsache, daß er das Schreiben schon halb aufgegeben hätte und ich nichts weniger als das, hätte er sich gedacht, die Bücher mir zu überlassen, falls ich etwas damit anfangen könnte. So wurde ich der Hüter der Clay Caldwell Collection.

Einige Daten. Clays erster Roman *nur für Erwachsene* hieß *Cruising Horny Corners* und erschien 1967 unter seinem Pseudonym Lance.Lester. Es war ein humorvoller Blick auf die Reise eines nackten, unschuldigen Jungen durch die Hinterhöfe einer imaginären schwulen Vorstadt. Obwohl die sexuellen Teile eher ironisch gehalten waren, bedeutete *Cruising Horny Corners* einen Durchbruch. 1992 nahm John

Preston einen Auszug daraus in seine eigene, neue Räume eröffnende Anthologie *Flesh and the Word* auf.

Im Laufe der folgenden 16 Jahre schrieb Clay weitere zweiundsechzig Bücher unter dreiundzwanzig Pseudonymen. Diejenigen, die er am meisten benutzte, waren Clay Caldwell, Lance Lester, David E. Griffon, Rod Hammer, Thumper Johnson, Jeff Lawton und Lance LaFong. Sein letzter Roman, *Workin' Out,* erschien 1983. Nach einer kurzen Pause fing er in den späten 80ern an, neue Kurzgeschichten in schwulen Zeitschriften wie *Inches* zu veröffentlichen, und noch immer hat er seine übel mißhandelte Schreibmaschine noch nicht in den Ruhestand geschickt.

In den vergangenen Jahren hat Badboy Books mehrere klassische Clay Caldwell Titel neu aufgelegt, darunter die Romane *Tailpipe, Trucker, Queers Like Us* und *Ask Ol' Buddy,* drei Science Fiction Bände, *All Stud, Service Stud* und *QSFx2* (letzterer eine Anthologie gemeinsam mit Lars Eighner) sowie eine Sammlung der jüngeren Kurzgeschichten Clays, *Stud Shorts.*

Als ich jedoch kürzlich in der Clay Caldwell Collection stöberte (aus rein beruflichen Gründen natürlich), stellte ich fest, daß ein Teil von Clays höchst bemerkenswertem Werk (und ganz gewiß die Stories, die den größten Einfluß auf meine eigene Phantasie und mein Schreiben hatten) noch nicht wiederentdeckt worden war. Ich rede von seinen SM-Kurzgeschichten – kraftvoll konzentrierte Erzählungen von Dominanz und Sklaverei, Entführung und Einkerkerung, Training und Unterwerfung, Bondage und sexuellem Mißbrauch, Anleitung und Selbsterforschung. Für mich bilden diese Geschichten Clays beeindruckendstes Erbe. Ich glaube, seine SM-Schriften werden den Leser ebenso tief aufwühlen wie die bekannterer Autoren wie John Preston und Larry Townsend. In diesem Sinne legt Badboy *Some Like It Rough* vor, eine Sammlung von Clays besten SM-Kurzgeschichten.

Clay entwickelte sich zu einem Meister des SM, begonnen hatte er jedoch als Comicautor. Selbst in seinen härtesten Phantasien findet sich häufig eine humoristische Note und ein Anflug von Romantik. Manchmal ließ Clay es zu, daß Humor und Romantik überwogen, und dies geschieht nirgends mit überzeugenderem Ergebnis als in seinen Geschichten von Athleten und Collegesportlern. Der erregende Duft des Umkleideraums ... die hochmütige Herausforderung eines arrogant grinsenden Sados ... ein geiler Macker auf den Knien, gierig auf Herrendienst ... Angebereien zwischen Kumpels, die auf einmal schüchtern und verführerisch werden ... rotglühende Ärsche bei Initiationsriten ... raffiniert vorausgeplante Rollenumkehrungen – das sind die Elemente von Clays Mackerstories. Die besten davon sind hier in *Männersport* versammelt, wo Footballspieler, Schwimmer, Läufer, coole Surfer, Skiasse, Burschenschaftler und Tennislümmel auftreten.

Inzwischen ziehe ich mich zurück, um weiter in der Clay Caldwell Collection zu lesen. Aus streng beruflichen Gründen selbstverständlich ...

DAS GROSSE SPIEL

Ihr wolltet was über uns Footballspieler wissen?

Scheiße, ich kann euch nur erzählen, was ich gesehen und gehört und was ich als Amateur und als Profi erlebt habe. Ich bin inzwischen Profi-Quarterback und lebe wie Gott in Frankreich, aber nur, weil Football mir genauso viel bedeutet hat wie Sex.

Tja, ich schätze, ich bin zur gleichen Zeit in Sex und in Football hineingewachsen.

Die meisten Jugendlichen fangen mit Ballspielen in Hinterhöfen und so 'nem Scheiß an, meistens Angeber und Wichtigtuer, und genauso war's bei mir. Nur – naja, ich hab's geschnallt. Gleich von Anfang an hatte ich 'ne Schwäche für Football ... und für Footballspieler.

Wollt ihr mal was Komisches hören? Ich wuchs auf in einer Stadt mit College, und den Quarterback der Collegemannschaft hielt ich für den Größten. Ich war elf, vielleicht zwölf, und er hieß Joe oder so ähnlich. Ungelogen – ich war mir sicher, der Macker wäre absolute Oberliga!

Heldenverehrung, wißt ihr noch?

Egal, ich ging zu jedem Collegespiel, um Joe zuzujubeln, egal wie schlecht er spielte. Einmal rannten wir Jungs alle nach dem Spiel runter zum Umkleideraum, um uns reinzuschleichen, wenn der Wächter nicht hinschaute. Kein Mensch achtete auf uns, und plötzlich war da Joe, nackt und verschwitzt auf dem Weg zur Dusche, grinste komisch und wuschelte mir durchs Haar und sagte zu mir: »Mach bloß, daß du mir aus dem Weg kommst, Drecksack!«

Wißt ihr, woran ich mich dabei am stärksten erinnere? Die Größe von Joes Schwengel! Jau, da war er, mein Held, nackig und mit pendelndem Schwanz unterwegs zur Dusche, und das einzige was ich sah, war sein großes Gehänge!

Klar, inzwischen weiß ich, daß ich in dem Alter war, wo einem der Pimmel und die Eier wachsen, und Joe war vielleicht gar nicht so gut ausgestattet ... aber er war mein Held in mehr als nur einer Hinsicht!

Egal, danach dauerte es nicht mehr lange, bis ich nach dem Training im Umkleideraum der Highschool herumhing, mit den Jungs über Football quatschte und meinen Schwanz herumzeigte ...

Verdammt, ich war nicht der erste, dem Sex in der Umkleidekabine beigebracht wurde – so viel ist mal sicher! Ihr wißt ja, Jungen in dem Alter reden ständig davon und experimentieren rum, und es gibt keinen besseren Ort als einen Umkleideraum, um einen Kerl auszuchecken, stimmt's? Es hat was, der Geruch nach Schweiß und der Anblick von Kerlen, die da nackt rumturnen und sich einen Scheiß drum scheren – tja, das ist eine Männerwelt und, soweit es mich betrifft, ist sie verdammt sexy!

Ich aß, atmete und schlief Football, während ich im JV-Team war, und als ich es in die Schulmannschaft schaffte, war ich so stolz, daß ich mir fast in die Hose abgespritzt hätte. Ich hatte noch eine verdammt lange Strecke vor mir, aber ich war auf dem Weg!

Während meines ersten Jahrs auf dem College war es Warren, der Football und Sex und Umkleidekabine alles auf einmal für mich verkörperte. Er war im letzten Jahr und Mittelstürmer, und irgendwie nahm er mich unter seine Fittiche, weil ich ihm gelegentlich einen Ball zuspielte. Vielleicht war es am Anfang eine Art Heldenverehrung, aber ich stand echt auf den Macker. Er war ungefähr so groß wie ich, aber älter und kräftiger gebaut – er brachte mich zum Gewichtheben, um Muskeln anzusetzen – und er hatte helles Haar und helle Haut und einen echt geilen Körper ... und Schwanz.

Herrje, ich erinnere mich an die verrücktesten Sachen bei Kerlen! Ich erinnere mich, wie glatt Warrens Haut auf mich wirkte, lange bevor ich sie berührte, fast keinerlei Haare auf dem Leib, außer der goldenen Seide unter seinen Achseln und ein paar Sprenkeln auf dem Bauch bis hinunter zu den bräunlichen Stoppeln zwischen den Beinen.

Sein Schwanz? Ihr könnt drauf wetten, daß ich mich an den erinnere! Aber der kam erst später.

Eines Nachmittags machten wir Kraftübungen nach dem Training, und als wir in den Umkleideraum kamen, waren fast alle weg. Normalerweise standen scharenweise Kerle unter den Duschen herum, und deshalb war das etwas Besonderes – nur Warren und ich, die sich zusammen abwuschen und über Football und alles fachsimpelten.

Na, während er sich Schwanz und Eier einseifte, kam er auf Sex zu sprechen. Bevor ich mich versah, wichste er sich seinen Bolzen und kriegte einen Steifen. Mann, ich hatte mir seit langem schon wie oft einen runtergeholt und beim Rudelwichsen mitgemacht – kennt man ja, eine Meute geiler Macker, die rumstehen und ihre Schwengel bearbeiten, um zu sehen, wer am meisten oder am weitesten abspritzen kann, purer Kinderkram – also fing ich an wie Warren, und er griff einfach nach mir und packte meinen Ständer und sagte, er würde mir helfen.

Mann, mir ging fast einer ab, nur davon, daß er meinen Schwanz hielt. Als ich sein eingeseiftes Gerät zu fassen kriegte, hätte ich um nichts in der Welt wieder losgelassen.

Scheiße, klingt verdammt komisch heute, aber ich war angeturnt wie irre von dieser Wichserei im Stehen, von Angesicht zu Angesicht, bei der Warren mit einer Hand an meinem Hammer zog und mit der anderen an meinen Eiern fummelte und ich alles nachmachte!

Boah, ich erinnere mich immer noch, wie er als erster abschoß und wie er seinen ganzen heißen Saft über meinen Bolzen spritzte und der sich mit dem Seifenschaum mischte. Sekunden später brach es aus mir heraus wie aus einem gottverdammten Teenager – was genau ich ja schließlich auch war. Na, achtzehn jedenfalls.

Als wir fertig waren, wuschen wir uns, trockneten uns ab, zogen uns im Umkleideraum an und gingen in verschiedene Richtungen auseinander. Ich habe seitdem oft darüber nachgedacht, wie leicht und schön es war, uns zusammen einen runterzuholen, ohne 'nen großen Moralischen hinterher, aber damals hatten Warren und ich echt keine Probleme damit.

Seitdem – tja, ich bin inzwischen älter geworden und habe eine Menge solcher Nach-Sex-Szenen hinter mir, bei denen keiner aufrichtig genug ist, zu sagen *kein Problem.*

Wißt ihr, was ich meine?

Andererseits hatte mir die Nummer Spaß gemacht, und ich war bereit für 'ne Menge mehr! Scheiße, jedesmal, wenn ich in den Umkleideraum kam, fingen meine Eier an, Überstunden zu machen, und irgendwie störte es mich, daß Warren nicht so scharf darauf war, loszulegen, wie ich. Es stellte sich heraus, daß er zur gleichen Zeit mit einigen der anderen Jungs rummachte, aber daran dachte ich nicht einmal.

Jesses, war ich bescheuert!

Egal, Warren und ich wichsten oft zusammen, und jedesmal war es ein bißchen besser. Ich nehme an, er hatte es vielleicht so geplant. Ich meine – okay, nach dem Training hingen wir rum oder benutzten den Vorratsraum, den wir in der

Sporthalle entdeckt hatten, und er schlug dann vor, wir sollten uns nacktärschig aneinander reiben oder uns einfach befummeln oder so was. Tja, auf diese Weise fand ich auch heraus, daß Warrens Haut so glatt war, wie sie aussah. Klar turnte es mich an, mit der Hand über seine kräftige, breite Brust zu streichen und mit seinen kleinen Brustwarzen zu spielen – sie waren kleiner als meine und wurden an den Spitzen richtig hart, und er genoß es sichtlich, wenn jemand daran herumspielte!

Wir legten uns sogar auf den Fußboden und rollten uns Ständer an Ständer herum, aber immer endete es damit, daß wir uns gegenseitig abwichsten, oder mit einem Bauchfick. Bauchfick – so nannte Warren es, wenn wir herumrangen und uns von oben bis unten einsamten.

Es hört sich vielleicht verrückt für euch an, aber etwas ganz Tolles ist es in meiner Erinnerung, daß wir es in der Sporthalle machten, gleich neben dem Footballplatz, in dem Gestank nach Schweiß und Hitze vom Umkleideraum ... wißt ihr, was ich meine?

Also, einmal waren wir beide oberscharf, und nach dem Training und dem Duschen gingen wir in den besagten Vorratsraum. Wir standen da und befummelten uns, und Warren sagte, er hätte mit einem anderen Kerl etwas gemacht, bei dem er wie irre abgespritzt hätte. Ich wußte nicht, wovon er da redete, und so zeigte er es mir. Er ging in die Knie und lutschte meinen Schwanz!

Nein, er machte sich nicht ganz über ihn her, so daß ich abspritzte, sondern er nahm die Spitze und leckte ein bißchen dran. Ich hätte ihm fast in den Mund geschossen.

Und dann wechselten wir die Plätze, und ich bekam meinen ersten heißen Schwanz in den Mund.

Ich habe Kerle erzählen hören, daß sie beim ersten Mal

fast erstickt wären, als sie einem Macker einen bliesen, aber mir machte es überhaupt nichts aus. Vielleicht, weil Warren mir sein Gerät nicht in die Kehle zwängte oder so. Tja, der wußte, was er tat und brachte mir bei, wie man so ‘nen Mackerkolben schluckt.

Ich erinnere mich noch, wie Warren einfach dastand, Schwanz in Habachtstellung, und darauf wartete, daß ich mich über ihn hermachte. Die Eichel war rosarot und endete fast in einem Punkt, und weiter unten ging sie in den Schaft über, der glatt wie Elfenbein war und schlüpfrig wie Glas. Und aus dem Pißschlitz kam eine kleine Kugel aus klarer Flüssigkeit – ich erinnere mich daran, weil es ein bißchen komisch schmeckte, als ich die Lippen um die Eichel schloß und ein bißchen leckte, wie Warren es bei mir gemacht hatte.

Scheiße, ich versuchte, es genau so zu machen wie er, und er half mir dabei, indem er mich anleitete. Ihr wißt schon, mir sagte, daß es leichter ginge, wenn ich sie zuerst mit ‘ner Menge Speichel anfeuchte, und mich warnte, wenn die Zähne scheuerten – so Sachen.

So also bekam ich meine erste Lektion in Schwanzlutschen. Plötzlich packte Warren mich an den Schultern, stieß ein bißchen mit den Hüften und schoß mir seine Ladung tief in die Kehle.

Mann, fast wäre mir bei dem Gefühl selber einer abgegangen, und ich konnte es kaum fassen, daß ich so dicht ans Abspritzen gekommen war, ohne meinen Schwengel auch nur anzufassen!

Egal, als Warren fertig war, trat er zurück und schaute auf mich herunter. Das erste, was er sagte, war: »Hast du’s geschluckt?«

»Klar.« Verdammt, ich hatte nicht mal drüber nachgedacht. »Wieso?«

»Manche machen's nicht.« Er ging in die Knie und schubste mich lachend auf den Rücken. »Aber ich mach's auf jeden Fall!« Und ich bekam den Rest meiner ersten Schwanzlutscherei.

Mann, ich fand's auf beide Arten toll. Nach ein paar weiteren Trainingsrunden fing Warren an, mich über ein paar Kerle in der Wichsgruppe aufzuklären. Einige standen darauf, einen geblasen zu bekommen, und ein paar lutschten auch selber.

Jedenfalls, am Ende der Spielzeit steckte ich Hals über Arsch im Football – und im Männersex!

Hey, vielleicht klingt es komisch, daß wir mit diesen Geschichten im Umkleideraum davonkamen. Man konnte den Arsch drauf verwetten, daß der Cheftrainer, hätte er es geahnt, Scheiße geschrien hätte, aber er hatte einen Assistenten, Jeff.

Jeff pflegte, den Typen an den Pimmel zu fassen und Witze darüber zu reißen, wer wohl am meisten wichsen würde, und er wußte verdammt gut, daß wir herumvögelten. Aber er verpetzte uns nie beim Trainer. Und er versuchte nie, sich in die Action einzumischen.

Aber er war mir eindeutig eine Hilfe.

Scheiße, ehe ich euch von Jeff erzähle, sollte ich besser erst das mit Warren zu Ende bringen. Das letztemal trieben wir es zusammen, kurz bevor er seinen Abschluß machte, und wir vergnügten uns ein paar Stunden in einer Ecke im Umkleideraum. Er drehte echt voll auf und lutschte mich fast trocken, und dann rieb er seinen Pimmel an meinem Arsch und wollte mich ficken. Ungelogen, ich hatte nie an so was gedacht, und ich sagte hastig nein.

Tja, trotz allem war ich immer noch irgendwie bescheuert!

Ich erinnere mich, daß Warren sagte, er hätte es schon mal

gemacht, und daß er sich zuerst auf meinen Schwengel setzen würde, wenn ich ihm erlauben würde, mir die Rosette zu vögeln. Ich war mir nicht sicher, ob ich noch einmal einen Ständer kriegen würde, weil er mich so leergelutscht hatte!

Danach sah ich Warren noch ein einziges Mal. Nach einem Spiel im folgenden Herbst kreuzte er auf, und als ich scharf darauf war, es wieder mit ihm zu treiben, knurrte er, er hätte »nie auf so 'ne Scheiße gestanden!« Mann Gottes, er hatte mir wie oft einen geblasen und mir beigebracht, wie man Schwänze lutscht – und er hatte ficken und sich ficken lassen wollen! – und da stand er nun und tat so, als ob nie was passiert sei!

Verdammt, ich habe seitdem öfters Kerle wie Warren getroffen, Kerle, die echt auf Männersex stehen, aber sich davor fürchten, es zuzugeben. Mir war es damals nicht klar, aber Warren, mußte sich kreuz und quer durch die ganze Gegend geblasen und gefickt haben. Ich frage mich echt, ob er nicht immer noch herumschleicht, um irgendwo solche Nummern zu schieben.

Scheiß drauf, vielleicht hätte ich ja seinen Arsch bumsen sollen, als ich die Gelegenheit dazu hatte!

Okay, ich erzähle euch lieber wieder von Jeff, dem Assistenztrainer. Er hatte mich im zweiten Jahr als Unterstützung für Warren spielen lassen, und redete Tacheles: Ich könnte in die erste Reihe aufsteigen, wenn ich mir beim Training im Frühjahr und in den Sommerferien und im ganzen letzten Jahr den Arsch aufreißen würde.

So war Jeff. Entweder mitmachen oder das Maul halten.

Also riß ich mir den Arsch auf.

Scheiße, ich hätte es nie geschafft, wenn dieser gottverdammte Jeff mich nicht ständig getriezt hätte!

Er ließ mich Tag für Tag üben, ein Trainingsspiel nach

dem anderen, jede Menge Drill, aber geschadet hat's mir garantiert nicht!

Irgendwie ist's komisch, denn Jeff war es, der mich darauf aufmerksam machte. Es war im Sommer, und ich teilte mit Jeff eine kleine Hütte in dem Sommercamp, wo er uns Jobs verschafft hatte. Eines Tages sagte er etwas darüber, wie gut meine Figur vom Footballspielen und allem geworden wäre. Als ich das nächstemal in den Spiegel schaute, mußte ich zugeben, daß er recht hatte. Manchmal muß ein anderer dafür sorgen, daß ein Kerl sich anschaut.

Na, ich war ziemlich stolz darauf, wie mein Körper sich entwickelt hatte, aber ich war noch stolzer, daß ich eine Figur bekam wie Jeff selbst. Er sah atemberaubend aus – älter als ich und insgesamt reifer, etwa meine Größe und Hautfarbe, muskulöse Schultern und Arme, kräftige Brust, mit seidigen schwarzen Haaren bewachsen wie meine – nur ein bißchen dichter – und breite, dunkle Brustwarzen, ein stämmiger Oberkörper, der unvermittelt in schmale Hüften überging, wie ihn Verteidiger anscheinend von Natur aus haben, Beine wie gottverdammte Baumstämme und ein Gehänge wie – okay, ich hatte Jeffs Mackerbolzen schon oft beäugt, und er hatte viel zu bieten, glaubt mir! Langer, dicker Schaft, der fast gerade von dem Drahtgewirr seiner Schamhaare zwischen seinen Beinen herunterbaumelte, hammerförmige Eichel, gesäumt von einer dicken Vorhaut, hinter der in einem schlaffen Sack die Eier schwangen, wenn er mit nacktem Hintern von der Dusche zurückkam.

Ich schätze, ihr haltet es für seltsam, daß Jeff mich offensichtlich anturnte, ohne daß ich je versuchte, mit ihm herumzumachen. Ein Grund war vielleicht, daß er mein Trainer war, oder vielleicht lag es daran, daß wir gute Kumpels geworden waren, oder vielleicht Scheiße, ich weiß auch nicht!

Egal, eines abends hingen wir so in der Hütte herum, beide bis auf die Levis ausgezogen. Als ich mich auf meinem Feldbett ausstreckte, kam Jeff herüber, um sich neben mich hinzusetzen und über Football und so zu quatschen. Das machte er immer, nur fing er diesmal an, über Sex zu reden, und darüber, wie geil manche Typen nach einem rauhen Spiel werden, und schließlich legte er mir eine Hand auf die Brust und fing an, sie richtig langsam und leicht zu streicheln.

Mann! Im Handumdrehen hatte ich den geilsten Ständer, den ich je in der Hose gehabt hatte, und war mir hundertprozentig sicher, daß wir uns gleich zusammen einen runterholen würden! Aber Jeff ließ die Sache ruhig angehen. Lange Zeit grinste er mich nur an und fuhr mir weiter über die Brust bis zur Hose. Ich wurde so scharf, daß ich fürchtete, ich würde mir in die Jeans abspritzen!

Schließlich öffnete er wortlos meinen Schlitz, steckte die Hand hinein und holte meinen Schwanz und meine Eier heraus. Mein Herz klopfte so stark, daß ich kaum atmen konnte und die Lusttropfen wie verrückt aus meinem Schwanz quollen. Jeff packte den Schaft an der Wurzel, hielt ihn gerade nach oben und kicherte leise, dann beugte er sich hinunter und küßte auf die Spitze und leckte den Saft ab.

Tja, und dann fing der Mistkerl an, ihn ganz langsam und ohne zu saugen in den Mund zu nehmen, leicht wie eine Feder mit der Zunge über die Spitze zu fahren, dann abwärts zum Ende der Eichel, umspülte sie und danach den Schaft mit warmem Speichel, bis er schließlich seine Lippen in dem schwarzen Busch zwischen meinen Beinen vergraben hatte.

Dann ging er wieder nach oben, um meinen Schwanz loszulassen und sich über meine Eier herzumachen. Er berührte sie kaum, leckte sie mit der gleichen Schwerelosigkeit, ließ sie dann in den Mund schlabbern und gab sie wieder frei. Gut daß ich nicht so bescheuert war, nicht zu verstehen, was er mir ohne Worte sagen wollte.

Er hatte ebensolchen Spaß am Schwanzlutschen wie ich! Nur wußte er nicht, daß wir die gleichen Vorlieben hatten.

Jeff hatte mich trainiert und herumgescheucht und schuften lassen, und ich hatte mit Jungs wie Warren um die Wette gewichst und geblasen und war meine Ladung losgeworden, mehr nicht.

»Mann!« rief er lachend. »Du ziehst besser die Hosen aus, Kumpel!«

»Du aber auch!«

Als ich die Hose abgestreift hatte, stand Jeff fertig ausgezogen neben meinem Feldbett. Ich hätte um ein Haar meine Ladung abgeschossen, als ich seinen Ständer sah. Wau, sein Schwanz sah aus wie eine Saturnrakete, bereit, mit einer echten Bombenlast ihrem riesigen, glänzenden Gefechtskopf zum Mond loszudonnern. Als ich nach oben griff, um ihn anzufassen, war er heiß und pochte, als ob die Motoren zu voller Leistung aufliefen!

Wortlos kletterte er aufs Bett, kniete sich, seine Gerätschaften nur Zentimeter vor meinem Gesicht, über meine Brust, und ehe ich mich versah, leckte und lutschte ich seinen Schwanz wie er es bei mir gemacht hatte ... und dann seine großen, glitschigen Eier ...

Jeff hatte ein verdammt viel größeres Gehänge als Warren oder die anderen Jungs, mit denen ich rumgemacht hatte, aber es fiel mir nicht ein, zu würgen oder so etwas. Nein, ich wollte jeden Zentimeter von diesem geilen Teil. Ich wollte Jeff! Mühelos drehte er sich mit dem steifen Schwanz in meinem Mund um, streckte sich mir gegenüber aus und machte sich wieder an die Arbeit an meinem Schwengel.

Jesses, ich wollte ewig so weitermachen, Jeffs zuckenden Bolzen lutschen, während er an meinem zugange war!

Okay, er dauerte nicht ewig. Scheiße, wir waren beide so schweinegeil, daß wir innerhalb von Sekunden gekommen sein müssen. Ich weiß nicht, wer anfing, aber ich erinnere mich, daß ich spritzte wie ein Irrer und zur gleichen Zeit eine mächtige Ladung schluckte.

Mann, es war das Tollste überhaupt!

Nachdem wir uns beruhigt hatten und zu Atem gekommen waren, schwang Jeff sich neben mir auf und schlang die Arme um mich. Schließlich sagte er: »Gottverdammich!«

»Und ob!« stimmte ich zu. Verteufelt romantisch, was? »Ausgepowert?«

»Gott bewahre, nein.« Er rollte sich wieder auf den Rücken und nahm mich mit, so daß ich über ihm lag. »Du?«

»Gott bewahre, nein!«

Okay, das war also das erstemal, daß ich mit 'nem Typen schlief. Klar, ich hatte Schwänze gelutscht und ob, und ein paar Ärsche gefickt inzwischen, aber ich hatte noch nie mit einem Kerl gepennt – ihr wißt schon, beide nackig und die ganze Nacht umarmt.

Scheiße, ich weiß nicht, wie viel Schlaf ich in dieser Nacht bekam! Ich erinnere mich deutlich, daß ich aufwachte und mit Jeff herumfummelte, mit seinen feuchten Haaren auf der Brust spielte, ihn betatschte, ihn voll steif machte, ihm einen blies ... und ihn das gleiche bei mir machen ließ ... und gefickt wurde!

Ungelogen, der Mistkerl hatte keine Ahnung, daß er der erste Macker war, der mich in den Hintern vögelte, bis er zur Hälfte drinnen war, und dann – dann hatte ich auf keinen Fall mehr die Absicht, ihn zu bitten, aufzuhören! Tja, und von seinem Gerät gebumst zu werden, war was ganz Besonderes!

Während des folgenden Jahres verbrachte ich eine tolle Zeit mit Ballspielen und es mit ein paar von den Jungs zu treiben, aber am tollsten war es immer mit Jeff, besonders am Abend nach einem Spiel!

Irgendwann muß ich mich dann in Jeff verliebt haben. Ich will allerdings verdammt sein, wenn ich weiß, wann es passierte.

Nach meinem Abschluß wurde ich bei den Profis aufgenommen und dachte, der Sex im Umkleideraum könnte da anders sein.

Er ist nicht anders, nur besser organisiert.

Tja, dieser rauhbeinige Bastard, dem ihr im Fernsehen zuseht, wie er sich die Seele aus dem Leib spielt, könnte es mit seinen Kumpels treiben, während ihr noch die Show nach dem Spiel anschaut.

Hey, versteht mich nicht falsch! Nicht alle Footballspieler stehen auf Männersex. Um Gottes Willen! Wir wissen alle, daß es passiert, einige scheren sich nicht darum, andere sind einfach nicht interessiert, einige sind fanatische Heteros, einige können's tun oder auch lassen, und einige – wie ich – fahren voll drauf ab!

Wie ich schon sagte, bei den Profis ist es besser organisiert – zumindest in unserem Umkleideraum.

Wir haben zwei Duschräume, und es wird einfach akzeptiert, daß der eine für die Heteros ist und der andere für uns übrige. Die Heteros ziehen sich hastig aus und flitzen in ihren Raum, um sich einzuseifen und sich Lügen über ihre Geldanlagen und den ganzen Scheiß zu erzählen, während wir anderen herumlatschen und in den anderen Raum spazieren, um uns zu entspannen und die schönen Gefühle zu genießen, die ein Kerl nach einem aufreibenden Spiel empfinden kann.

Ab und zu gehe ich in die Heterodusche, nur um sie ein

bißchen aufzuscheuchen. Manche brechen sich echt einen ab, aber die anderen – die, die sich wirklich nicht drum scheren – grinsen nur und kümmern sich nicht weiter drum.

Tja, ich hab's mit ein paar der mackerigsten von den Kerlen getrieben, mit solchen, die Lavendel scheißen würden, beim Gedanken, jemand könnte zugeben, daß er sich den Schwanz lutschen ... oder sich in den Arsch ficken ... läßt, oder daß sie's nicht so genau nehmen und selbst gelegentlich blasen und ficken! Aber in den anderen Duschen – na, da geht's ganz anders zu.

Daß ihr mir nicht auf falsche Gedanken kommt; das hat nichts mit einer schwulen Sauna zu tun. Die Jungs trampeln rein und albern rum, reißen dreckige Sprüche, wenn wir verloren haben, oder geben an wie verrückt, wenn wir gewonnen haben, und – Scheiße, was passiert, passiert einfach, weil wir uns alle als Mannschaftskameraden mögen, weiter nichts.

Da ist ein Spieler – unter uns nennen wie ihn L.S. für Langer Schwengel – er ist gebaut wie'n beschissener Panzer und sein Ding hängt ihm dreißig Zentimeter lang runter. Ungelogen, er hat einen der größten, die ich je gesehen habe, und er hat keinerlei Hemmungen, ihn herumzuzeigen. Nach einem guten Spiel kommt er unter die Dusche, seift sich ein und kündigt dann an, es sei Zeit, daß er uns mal die harten Fakten beibringt. Und dann holt er sich einen runter, während wir alle zuschauen. Er schließt die Augen und fängt an zu pumpen. Im Nu hat er einen gigantischen Mast, den er manchmal mit beiden Händen gleichzeitig bearbeitet. Scheiße, ich bin nicht der einzige, bei dem sich was regt, wenn er ihm beim Wichsen zuschaut.

Ja, wir hatten schon ein paar recht gute Wichsrunden, nachdem er uns die harten Fakten demonstriert hatte!

L.S. ist keine von uns Tucken – nein, es macht ihn einfach an, nach einem anstrengenden Spiel unter der Dusche zu onanieren. Er hat mich auch schon mit seinem Gerät spielen lassen, aber wie er sagt, macht er es sich lieber selbst. Ich find's okay, denn ich bin ein Feigling, wenn's darum geht einen gottverdammten Telefonmast zu blasen oder mich damit ficken zu lassen!

Bei Tim ist's wieder was anderes. Er hat die klassische Quarterbackfigur: breite Schultern und schmale Hüfte und den hübschesten Knackarsch in der Liga. Er hat immer mit uns anstatt mit den Heteros geduscht, aber nie bei Wichsrunden oder ähnlichem mitgemacht. An einem Nachmittag wurde ich für das Fernsehinterview nach dem Spiel ausgeguckt, wo man Schlaues darüber sagen soll, wie es einem gefallen hat, sich bei einem Spiel, an das man sich nicht mehr erinnern kann, den Schädel einschlagen zu lassen. Als ich endlich unter die Dusche kam, waren alle schon weg – außer Tim und dem Kerl, der dieses Jahr im offensiven Mittelfeld spielte. Also, da stand Tim, vornübergebeugt mit den Händen auf den Knien und kriegte einen saftigen Fick im Stehen verpaßt!

Irre, was? Die ganze Spielzeit über hatte Tim sich hinter dem Mittelstürmer aufgestellt und mit dessen Arsch gespielt, bevor er den Ball übernommen hatte, aber diesmal war es der Mittelstürmer, der bis zu den Eiern in ihn eingelocht hatte!

Tja, es stellte sich heraus, daß Tim passiv, absolut passiv ist, wenn's um Männersex geht. Er fährt drauf ab, gefickt und geblasen zu werden – das ist alles. Also machte ich mich über ihn her, während ihm sein kleiner Knackarsch mit heißem Sperma abgefüllt wurde und er seine Ladung in meiner Gurgel ablud. Dann drehte er sich um, um mir den Arsch hinzuhalten und noch einen geblasen zu bekommen.

Jesses, Tim hat eins der fickfreudigsten Arschlöcher, die

ich je vor den Schwanz kriegte, und es brach mir beinahe mein lüsternes kleines Herz, als er an die kanadische Liga verkauft wurde.

Dafür kam Ernie von der kanadischen Liga zu uns. Wir lachten uns alle schief, als ich ihm beibringen mußte, wie in Amerika Profifootball gespielt wird. Wißt ihr, die Kanadier spielen auf einem breiteren Feld mit nur drei Abschnitten, und Ernie hat immer noch nicht mitgekriegt, wie weit er laufen darf, um einen Pass zu fangen oder daß wir einen Abschnitt länger spielen müssen, bevor gewechselt wird.

Egal, Ernie ist mit mir auf einem Zimmer, wenn wir unterwegs sind und – naja, er ist wie 'ne ganze Menge der Profispieler, und das ist etwas, dem die Sportjournalisten und Ligafunktionäre aus dem Weg gehen wie der Pest.

Ernie schläft gerne zu zweit, und wir beide dabei nackt.

Ja, ob hetero oder schwul, die meisten Zimmergenossen machen sich's zusammen gemütlich. 'N echter Hammer, was? Quatsch!

Ich hab's schon oft zu Ernie gesagt, deshalb glaube ich, daß es ihm nichts ausmacht, wenn ich's weitertratsche: er ist ein gottverdammter Teddybär, wenn wir zusammen schlafen, aber er ist hoffnungslos hetero, wenn's zum Sex kommt!

Klar bin ich ein paarmal über ihn hergefallen, aber er steht nicht wirklich drauf, es mit Kerlen zu treiben.

Wie gewonnen, so zerronnen!

Hey, ich muß euch ja noch vom Großen Spiel erzählen. So nennen Jeff und ich die Nacht, in der wir einen Dreier mit Ben machten, und wir lachen uns immer einen Ast, wenn wir dran denken!

Ben ist ein echt amerikanischer Macker von irgend so 'nem Deppencollege in Oklahoma, muskelbepackt und mit einem Nuscheln, daß man sich in die Hosen machen könnte.

Er ist kein Blödmann, aber etwas an seiner Art, zu reden, so schleppend wie so'n Bauerntrampel, reizte mich vom ersten Augenblick an. Ahhh – und außerdem hat er einen hübschen, prallen Schwanz, den keine Schwuchtel, wie ich eine bin, je übersehen könnte!

Egal, ich flachste also unter der Dusche 'n bißchen rum mit Ben und getraute mich schließlich, ihn zu fragen, ob er nicht Lust hätte, mit Jeff und mir 'ne Nummer zu schieben. Kein Problem – er *schätzte, genau das könnte ihm vielleicht Spaß machen.*

Also spielten Jeff und ich an diesem Abend das große Spiel mit Ben.

Als wir uns alle drei auszogen, bekam Ben einen Ständer, bei dem einen die Eier zu jucken anfingen. Ziel des Spiels war es, ihn wieder schlaff zu kriegen. Jeff und ich verloren.

Im ersten Viertel legten wir Ben auf den Rücken, und Jeff machte Turnübungen auf seiner Brust, während ich an seinem steifen Torpfosten zugange war. Er fing an, zu stöhnen und zu nuscheln, wie wohltuend das sei, und wäre fast aus dem Bett gesprungen, als ich seinen Eiern ein paar nackte Rückpässe verpaßte. Am Ende schoß er mir eine ordentliche Ladung Sperma in die Kehle. Als ich hochkam, um Luft zu schnappen, begriff ich, daß das Spiel erst angefangen hatte.

»Allmächtiger!« rief Ben. »Das tat aber mächtig gut!«

»Ungelogen!« stimmte ich ihm zu. »Boah – du bist ja immer noch voll steif.«

»Jau, schätze schon. Ich steig' nicht so schnell aus, wenn ich mit zwei so tollen Burschen Spaß hab.«

Also wechselten die tollen Burschen die Plätze, und Jeff übernahm die Torlinie, während ich Spielzüge auf Bens Brust entwarf. Er hat eine echt weiche, krause Matte und breite, halbrunde Brustwarzen. Ich will verdammt sein, wenn er nicht irgendwie nach frisch gemähtem Heu riecht! Gottverdammter Bauerntrampel!

Egal, Jeff erleichterte ihn mittels seiner tollen Blastechnik, mit der er mich schon so oft verwöhnt hatte, und ich dachte, Ben hätte vielleicht gerne eine Halbzeitpause. Er stellte sich heraus, daß das erst das Ende des ersten Viertels war. Nachdem wir die Feldpositionen gewechselt hatten, war Ben, als würde es ihm *aufrichtig behagen, euch zwei Burschen zu löchern.* Also versenkte er ein paar Bälle ins Tor; erst in meinen Arsch, danach in den von Jeff.

Himmel, der Macker fickte, als gäbe es kein morgen. Als er mit uns beiden fertig war, stand sein Torpfosten immer noch!

Die Trainer – Jeff und ich – beschlossen, es sei Zeit, unter die Dusche zu gehen, und damit hätten wir fast einen taktischen Fehler begangen. Wir quetschten uns zu dritt in die Duschkabine. Nach Strömen von Wasser und gründlichem Einseifen verkündete Ben, die Halbzeit sei vorbei – zurück mit den Mannschaften aufs Feld!

Die zweite Hälfte verlief ganz ähnlich wie die erste, nur noch stürmischer. Jeff und ich kuschelten ein paarmal, und Ben schloß sich an, mit einem heißen Schwanz in beiden Fäusten. Er stand nicht darauf, zu blasen oder sich ficken zu lassen, aber er war *wirklich erfreut, zu sehen, wir ihr zwei Burschen so nett zueinander seid.* Verrückter Spinner!

Es klingt vielleicht komisch, aber ich genoß es wirklich, zu sehen, wie Jeff an Bens Hammer lutschte oder ihn in den Hintern kriegte; teils, weil Ben ein toller Kerl ist, teils, weil er fickt wie ein wilder Stier, teils, weil ich alle die Gefühle kannte, die Jeff genoß ... teils, weil ich diese speziellen Gefühle gerne mit Jeff teile ... teils, weil Ben einer von der Mannschaft ist ... teils, weil –

Scheiße, ihr könnt's euch ja selbst denken!

Egal, das Spiel endete so, daß Jeff und ich völlig fertig waren, während Bens Torpfosten immer noch aufrecht in die Luft ragte.

Fragt mich nicht, wie der verdammte Scheißkerl das schaffte!

»Allmächtiger!« nuschelte er plötzlich. »Ich zieh mir lieber die Klamotten an und seh zu, daß ich heimkomme! Ist doch nicht recht, wenn 'n Footballspieler nicht ausreichend Nachtschlaf bekommt!«

Und er zog sich die Klamotten an und ging nach Hause, um ausreichend Nachtschlaf zu bekommen.

Und Jeff und ich schliefen ein beim Versuch, zu zählen, wie oft Ben gekommen war!

Tja, und Ben bekam seinen Teil Quarterbacks ab!

Mann, ich könnte euch zigtausend Geschichten über die Typen im Umkleideraum erzählen, aber ich laß besser noch was von dem Buch übrig, damit euch noch ein paar von den anderen Jungs von ihrem Sport erzählen können!

ZUG UM ZUG

Seit Jahren hatte Dan den gleichen Trainingsplan. Jeden Nachmittag nach dem College stürzte er sich ins Becken und zog endlose Bahnen, um auf den Längenrekord hinzuarbeiten, den aufzustellen er entschlossen war.

Es war ein einsamer Sport, aber Dan war von Natur aus eine Art Einzelgänger.

Gewiß, mit den anderen Schülern und Schwimmern kam er ganz gut klar, aber sein Trainingsplan ließ ihm nur wenig Zeit, um richtig zu den Jungs zu gehören.

Als er jünger gewesen war und ernsthaft mit dem Schwimmen begonnen hatte, hatte ihn das nicht weiter gestört. Scheiße, er hatte sich ins Wasser gestürzt wie ein junger Delphin, hatte gegen die anderen Jungs geschwommen und sich zu mehr Bahnen gezwungen als alle anderen. Es hatte ihn mit jugendlichem Stolz erfüllt, als der Trainer im Verein gesagt hatte, er könne noch mal als Langstreckenschwimmer an Meisterschaften teilnehmen.

Dan hatte die klassische Schwimmerfigur. Er schaute in den Spiegel und grinste beim Anblick seiner breiter gewordenen Schultern, der kräftigeren Muskeln, seiner gereiften, straffen Figur ... sein Schwanz hatte angefangen, bei den bescheuertsten Gelegenheiten steif zu werden, und aus seinen Eiern war tonnenweise das Sperma hochgekocht ... heimliche Wichsrunden nachts im Bett, wenn sein Mitbewohner weg war, oder im verlassenen Umkleideraum, nachdem alle anderen gegangen waren.

Klar, Dan wußte, wozu sein Pimmel imstande war, und welchen Spaß das machte, und irgendwie war es komisch, wie Sex und Schwimmen in seinem Kopf zusammenzugehören schienen. Der Trainer ließ ihn alleine weiterschwimmen, wenn die anderen Schwimmer aus dem Becken stiegen. Er hatte das sexy Gefühl entdeckt, wenn man die klatschnasse Badehose auszog und nacktärschig seine Bahnen zog. Das Wasser lappte über seine Schultern und an seinem Rückgrat hinunter, wirbelte in seiner Arschspalte und umspülte seine pulsierenden Genitalien und – ja, es war vorgekommen, daß er sich aus dem Becken zog, um sich nackt und erschöpft auf den warmen gefließten Boden zu legen, Brust und Bauch auf feuchtheißem Grund, daß sein Schwanz anschwoll und er sich erregt wand bis das Sperma dick und klebrig hervorquoll ... und gut ... und das Gefühl des Alleineseins danach ...

Die Spätnachmittagsonne schien durch die Obelichter über dem Becken, und Dan zog Runde um Runde, einsam und nackt, und versuchte hartnäckig, sich darauf zu konzentrieren, die Schläge zu zählen und die Atemzüge und –

»Hey, Dan!«

»Hä?« Dan zog sich wasserspuckend und vor Überraschung prustend am Beckenrand hoch. »Mike ... verdammt, du hast mich kalt erwischt ... was machst du noch so spät hier?«

Mike war in Dans Alter, aber klein und stämmig und dunkel im Vergleich zu dem schlanken, blonden Langstreckenschwimmer. Mike schwamm die Sprints, die kurzen, schnellen Kraftstrecken.

»Paul und ich haben noch mit dem Trainer gequatscht.« Er grinste über Dans hübsche Nacktheit. »Bißchen im Adamskostüm, hm?«

»Ja, Komm rein.«

»Okay.«

Mikes kräftige Muskeln wellten sich unter seiner bronzefarbenen Haut. Als er sich vornüberbeugte, um sich aus der Schwimmshorts zu schälen, leuchteten die glatten, bleichen Hinterbacken im warmen Licht von oben. Er richtete sich wieder auf, kratzte sich an den lose hängenden Eiern und warf Dan ein weiteres Grinsen zu, bevor er sauber ins Becken eintauchte.

Dan erschauerte in einer seltsamen, fast sexuellen Erregung. Verdammt, er hatte den stämmigen Schwimmer schon früher nackt gesehen – die heranreifenden Züge, die knackige Figur, die schüttere schwarze Brustbehaarung, die in einer Kurve zu den dunklen Brustwarzen verlief, den flachen Bauch, den männlichen Schwanz und die Eier – aber noch nie waren sie nackt zusammen geschwommen.

Mike gehörte zu den Jungs, okay. Ja, er war ein Typ, wie Dan einer hätte sein können, wenn er nicht seinen Trainingsplan hätte erfüllen müssen.

Dan bog in eine der Bahnen ein und fing an, auf das andere Ende des Beckens zuzuschwimmen. Das Kielwasser von Mikes schnelleren Zügen umspülte ihn. Mike war Sprinter; Dan zwang sich zu den langen Distanzen.

Schlag. Schlag. Schlag.

Wende.

Schlag.

Schlag–

Aus dem Augenwinkel sah Dan etwas Pummeliges, rosig–golden Nacktes ins rauschende Wasser springen ... Paul ... Mikes Kumpel ... lausiger Schwimmer ... spielte immer nur rum, anstatt sich um Rekorde zu kümmern ...

Dan zog Bahn um Bahn. Schließlich fiel ihm auf, daß er keinerlei Kielwasser von den anderen Schwimmern spürte.

Mike und Paul waren aus dem Becken gestiegen und tollten nackt und mit pendelnden Schwänzen lachend auf den Fliesen herum.

Dan brach sein Schwimmtraining ab, ohne die letzten Bahnen zu beenden, und Mike rieb sich über seinen bulligen Oberkörper, die Schenkel und zwischen den Beinen.

»Komm schon, Dan, laß es gut sein.«

»Okay.« Dan machte nie früh Schluß – nicht, ohne die Bahnen zu beenden, die er brauchte, um an die Rekordmarke heranzukommen – aber er stemmte sich über den Beckenrand. »Okay, Mike.«

Er schnappte sich ein Handtuch von dem Haufen auf den Fliesen, fuhr schnell damit über seinen schlüpfrigen Körper und ertappte sich dabei, wie er sich mit den beiden anderen Jungen angrinste, während sie sich abtrockneten.

»Du fährst wohl echt ab auf die langen Strecken, Dan? Das Training muß doch verdammt einsam sein.«

»Irgendwie schon.« Er versuchte, Mikes athletische Figur und seine schwer pendelnden Gerätschaften nicht anzuglotzen. »Ich versuch meinen Armschlag zu verbessern.«

»Ich hab 'nen tollen Armschlag!« blödelte Paul, griff an seinen dünnen Pimmel und pumpte ihn stolz. »Willst'e mal sehen?«

»Angeber!« schnaubte Mike, der Dan offen musterte. »Paul ist 'n echter Wichskünstler. Wichst'e oft, Dan?«

»Manchmal«, gab er zu. »Gott, ich glaub, das tun die meisten.«

»Paul und ich machen's meistens nach dem Training. Hilft beim Entspannen.« Mikes Ton war direkt und gelassen, und er trocknete sich schnell fertig ab. »Hinten im Handtuchkabuff gibt's 'ne Ecke, wo echt keiner hinkommt. Willst'e mitmachen?«

»Okay.«

Herrje, Dan hatte noch nie dabei zugesehen, wenn sich einer einen runtergeholt hatte. Sicher, vor dem Spiegel hatte er es ein paarmal gemacht und beobachtet, wie sein Schwanz in seiner pumpenden Faust steif geworden war und die Muskeln sich verkrampften und schließlich das dickflüssige Sperma aus der riesig angeschwollenen Eichel herauskam, aber er hatte noch nie einen anderen Kerl seinen Ständer wichsen sehen!

Paul spazierte bereits zum Umkleideraum, während Mike neben Dan herlief und ihm auf die Schulter klopfte.

»Paul is'n geiler, kleiner Knackarsch«, murmelte Mike kichernd. »Zu schade, daß er kein besserer Schwimmer ist.«

»Du aber auch.«

Als sie den weiß gefliesten Flur betraten, versuchte Dan, das pulsierende Zucken in seinem Schwanz zu unterdrücken. Verlegen wollte er seinen aufstrebenden Schwanz mit der Hand verdecken; aber er wußte, wenn er ihn berührte, würde er im Nu habacht stehen.

Es war ein irres Gefühl, nacktärschig neben Mike zu gehen und einen Ständer zu bekommen beim Gedanken, daß sie sich gleich zusammen mit Paul einen runterholen würden.

An der Rückseite des großen Raums, wo sich die Jungen nach dem Duschen abtrockneten, befand sich eine schattige Nische mit Regalen voller frischer Handtücher auf einer Seite, und ein Haufen mit dreckigen gegenüber, wo die anderen Schwimmer sie, als sie fertig waren, hingeworfen hatten.

Mike führte sie bis hinten in die Nische. Dan erinnerte sich an die zahllosen Gelegenheiten, bei denen er ein Handtuch vom Regal genommen, sich alleine abgetrocknet und es auf den Haufen geworfen hatte, ohne je daran zu denken, nachzusehen, was es weiter hinten gab.

Am Ende gab es einen L–förmigen Anbau, auf dessen Boden Handtücher verstreut lagen. Dort stand Paul und wartete, sein jungenhafter Körper glänzte im Dämmerlicht, und seine Faust hatte sich bereits um den speerförmigen Schwengel geschlossen.

»Ich hab dir doch gesagt, der ist geil!« gluckste Mike, ließ die Hand von Dans Schulter fallen und trat vor, um Pauls rosa Hammer zu packen. »Stimmt's, Kumpel?«

»Und ob!« lachte Paul. »Genau wie du!«

Dan bebte vor Aufregung. Sein Schwanz ragte steif zwischen seinen Beinen hervor, als er danach griff.

Mike drehte sich um und grinste über Dans prallen Bolzen, während er langsam an seinem eigenen massiven Hammer zupfte.

Die drei Sportler standen sich nackt und erregt gegenüber und wichsten.

Zum erstenmal in seinem Leben ertappte sich Dan dabei, wie er Form und Umfang seines Ständers verglich: Paul sah noch aus wie ein kleiner Junge, Mikes volles Gerät mit der breiten Eichel wurde dem von Dan immer ähnlicher, und seine Faust nahm seinen Rhythmus auf.

»Na los, Paul«, murmelte Mike, der Bescheid wußte. »Zeig Dan deinen speziellen Schlag.«

Paul trat vor und stieß Dans Hand beiseite, packte seinen heißen Schwanz und zupfte daran. Ein Lusttropfen quoll aus der Spitze und rann auf sein Handgelenk hinunter.

Noch nie war Dans Schwanz von einem anderen angefaßt worden!

Paul sank auf die Knie und leckte die klebrige Flüssigkeit vom Pißloch ab.

»Mein Gott!« Dan griff nach unten, um seinen gottverdammten Kopf zu fassen und ihn wegzuschieben, nur – ohhhh, er fühlte sich so verteufelt gut da an! »Nein .... nicht ...nein–«

»Genieß es, Kumpel«, raunte Mike und ließ sich rückwärts auf einen Berg Handtücher fallen, um grinsend zuzuschauen, während er seine eigene geschwollene Keule bearbeitete. »Besorg es ihm so richtig, Paul.«

Benommen starrte Dan hin, als Pauls Lippen sich über seiner fetten Eichel schlossen. Ein lustvolles Grunzen drang ihm aus der Kehle, als er die warme Zunge über das empfindsame Fleisch scheuern fühlte.

Mit fachmännischem Bedacht senkte Paul sich über den dicken Schaft, bis sein Mund gegen die Matte aus rauhen Schamhaaren an der Wurzel gepreßt war. Gleichzeitig bearbeitete er mit den Fingerspitzen die fetten Hoden.

Dans Herz klopfte wie eine Dampframme. Er sah, wie Paul bis zum Rand seines Kolbens zurückwich, um dann den geäderten Schaft der Länge nach wieder einzusaugen ... und wieder.

»Jesses!« murmelte er heiser vor Erregung. Die sinnlichen Empfindungen, die in ihm tosten, rasten viel zu schnell auf den orgiastischen Höhepunkt zu. »Arrgh ... nein, nicht ... zu geil ... kann nicht mehr ...« Er sah, wie Pauls Hand zwischen den eigenen Beinen verschwand und seinen dünnen, glänzenden Schwengel wichste. Er packte den Jungen an der Schulter, um sich abzustützen, wobei er automatisch zustieß. »Jaaah! Mir kommt's! – Ich spritz' gleich ab!« Halb erwartete er, daß der Kleine den zuckenden Bolzen losließe, aber Paul warf sich noch einmal über ihn bis zum Anschlag. »Arrgghh!!!«

Innerhalb von Sekunden durchlebte er eine sengende, brennende Ewigkeit.

Er spürte, wie das heiße Sperma losbrach und die schwere Woge ihren Weg durch die Röhre an der Unterseite seines Rammbolzens nahm.

Er kniff die Augen zusammen und hörte das Echo seines ekstatischen Stöhnens.

Er verkrallte sich in Paul und schoß seine Ladung in den gierigen Schlund des Jungen.

Und er spürte das feuchtheiße Klatschen an seinen Knöcheln, als Paul sich fertigwichste.

Als es zuende war, fuhr ihm pfeifend der Atem aus der Lunge. Dann schlug er wieder die Augen auf und fokussierte den Blick auf den pummeligen jungen Mann, der die letzten Tropfen seines Spermas hinunterschluckte.

»Wau!« rief Paul, als er Dans langsam schlaffer werdenden Schwanz losließ. Sein eigener Schwengel war bereits in seinen saftverklebten Fingern geschrumpelt. »Mir reicht's. Ich geh unter die Dusche und hau dann ab.«

Von den Nachbeben seines Höhepunkts zitternd, sah Dan den rosig–goldenen Jungen auf die Füße springen und aus der Nische verschwinden. Dann kicherte Mike, der noch immer nackt und erregt auf den aufgetürmten Handtüchern in der Ecke lag.

»Beruhig dich, Dan.« Mit einem Nicken wies er auf die Stelle neben sich. »Leg dich hin und schnapp erst mal Luft.«

»Oh, ja.« Dan ließ sich auf den Handtuchberg fallen. »Wahnsinn!«

»Zum erstenmal einen geblasen gekriegt?«

»Ja.« Er holte tief Luft. »Ich hab' so verdammt schnell abgespritzt!«

»Mann, das erstemal als mir einer einen geblasen hat, hatte ich kaum den Schwanz im Mund von dem Kerl, ehe's mir abging.«

»Wieso ist Paul so schnell abgehauen?«

»Das macht er immer. Er lutscht und wichst, aber kaum hat er 'nen Abgang, ist er fix und alle.« Mike drehte sich auf die Seite zu dem blonden Schwimmer. »Und du? Auch fertig?«

»Nein ... nicht so richtig.«

»Hab ich mir gedacht.« Er legte eine Hand an Dans Brust und wuschelte durch das sonnengebleichte Pfirsichfell auf den breiten, bronzefarbenen Rundungen. »Paul ist noch ein Kind. Er ist nicht erwachsen wie wir beide.«

»Er ist dein Kumpel, oder?«

»Hauptsächlich, um's miteinander zu machen, mehr nicht.« Er grinste, als Dan die Hand ausstreckte, um seine Brust zu streicheln, vorsichtig zuerst, dann mit wachsender Sicherheit. »Fühlt sich gut an, Kumpel.«

»Du hast mehr Haare als ich. Wieso rasierst du dich nicht, so wie die anderen Schwimmer?«

»Scheiß drauf, hat lange genug gedauert, bis mir Haare auf der Brust gewachsen sind! Ich hab nicht vor, sie wieder abzurasieren!«

Dan schaute zu, wie seine Finger über die seidig schwarzen Bögen wanderten, dann über die breiten, tiefroten Brustwarzen, dann den straffen Waschbrettbauch.

Mike machte es sich wieder auf dem Rücken bequem. Sein dicker, steifer Schwanz ragte zwischen seinen Beinen hervor wie ein Eisenrohr.

Dan starrte auf die fette Säule. Dann stieß Mike seine Hand nach unten darauf zu.

»Mike –«

»Na los, Kumpel. Versuch's. Versuch mal, das zu machen, was Paul bei dir gemacht hat.«

Wie im Traum ließ Dan seine Finger sich um den starren Schaft schließen und spürte das heißblütige Pochen, während die hammerförmige Eichel über seinen pumpenden Fingern leuchtete.

Ein Tropfen Flüssigkeit erschien an der tief eingefurchten Spitze, und er beugte sich tiefer, um ihn zu begutachten. Dann, fast automatisch, leckte er sie sauber und schluckte den fremdartigen männlichen Geschmack hinunter.

Mike stützte sich auf die Ellbogen auf und schaute aufmerksam zu, als Dan den glänzenden Knoten in den Mund nahm. Unbewußt machte er nach, was Paul zuvor mit ihm gemacht hatte und züngelte an dem starren Fleisch, saugte zuerst schüchtern, dann immer sicherer, und ließ den massiven Bolzen tiefer und tiefer in seinen Mund eindringen, gewöhnte sich an den Geschmack und den Geruch und die sinnliche Erregung.

Die Mannessäule zwängte sich ihm tief in die Kehle, und seine Lippen vergruben sich in dem Dickicht aus Schamhaaren am Ende des Schwengels.

Wau, er lutschte einen Schwanz!

Den Schwanz von einem Schwimmkameraden!

Mikes Schwanz!

Dan kauerte sich zwischen die angespannten Oberschenkel des dunkelhäutigen Jungen, schluckte seinen zuckenden Pimmel und fummelte an seinen großen, schlüpfrigen Eiern, hörte sein heiseres Keuchen und spürte seine gierigen Liebkosungen –

»Dan, auhhh, Kumpel! Jesses! Mann! Arrgghh! Aaarrrggghhh!«

Einen kurzen Moment lang würgte Dan an dem plötzlichen heißen Schwall klebriger Flüssigkeit, die ihm in die Kehle schoß. Dann schluckte er die männliche Flut bereitwillig hinunter.

Mike warf sich in Ekstase herum und stöhnte, dann ließ er

sich langsam zurücksinken, als die mächtigen Explosionen endeten. Dan vertilgte die letzten Tröpfchen, bevor er das schwere Glied freigab.

»Okay, Mike?«

»Verdammt gut!« Er packte Dan unter den Armen und zog ihn zu einer festen Umarmung zu sich herauf. »Noch 'n bißchen Übung, und du bist besser als Paul!«

»Hilfst du mir beim Üben?«

»Klar doch!« Mike wand sich verführerisch unter Dans nacktem Leib und kicherte. »Und die meisten anderen in der Mannschaft auch!«

»Ehrlich?« Dan fuhr hoch um Mike mit weiten Augen anzublicken. »Du meinst, die–?«

»Hey, 'n Mann braucht doch ab und zu 'ne Triebabfuhr, stimmt's?« Er rieb mit den Handflächen über Dans kräftigen Rücken bis hinunter zu dem hochgereckten Hintern. »Ein paar von uns fahren am Wochenende rauf zum See. Komm doch mit!«

»Ich – ich hab einen Trainingsplan. Schwimmen und –«

» Schwimmen kannst du im See. Wir gehen alle nackig da rein.« Er fuhr fort, Dans Kehrseite vielversprechend zu rubbeln. «Die Leute von Jim Nelson haben da eine Hütte. Wir können uns zusammen ein Zimmer nehmen, Kumpel.«

»Okay.«

»Vielleicht will Rick auch mitkommen. Hast'e schon mal zu dritt in 'nem Bett geschlafen?«

»Mann«, kicherte Dan. »Ich hab noch nicht mal zu zweit in 'nem Bett geschlafen.«

»Ist 'n toller Hecht. Wart's ab, bis du den mit 'nem Ständer siehst!«

»Groß, hm?«

»Wie du und ich, Kumpel. Vielleicht noch größer.«

»Wahnsinn!« Dan entspannte sich und seine Stimme wurde weicher. »Ich mag's, wenn du mich *Kumpel* nennst. Ich schätze, ich hab mich zu sehr mit Schwimmen beschäftigt, um 'nen richtigen Kumpel zu haben.«

»Von jetzt an wirst du 'n ganzen Arsch davon haben! Wart ab, bis die Jungs am Wochenende 'n Stück Langstreckler in Aktion mitkriegen!« Er stieß mit den Hüften in die Luft und trieb seinen Unterleib gegen Dans steifen Schwengel. »Schon wieder geil?«

»Ich bin die ganze Zeit nicht richtig schlaff geworden«, murmelte der stämmige Blonde verlegen. »Ich krieg fürchterlich leicht 'n Steifen.«

»Jesses, da drüber mußt du dir doch keine Gedanken machen!«

»Ich nehme an, ich bin 'n bißchen scheu in der Richtung. Vielleicht kannst du mir ja bißchen was beibringen, hm?«

»Na, und ob!«

»Danke, Kumpel.« Dan schluckte einen Kloß im Hals hinunter und löste sich aus Mikes Umarmung. »Ich – ich geh jetzt besser unter die Dusche und mach mich heim.«

Er sprang auf, wobei sein fetter Schwanz kräftig vor seinem behaarten Unterleib hüpfte.

Wortlos ging Mike vor Dan auf die Knie. Zum erstenmal nahm er den Hammer des jungen Schwimmers in den Mund ... bis zum Anschlag ... dann leckte er an seinen dicken Klöten ... dann ging er grinsend zurück.

»Ich werd mich dieses Wochenende 'ne Menge mit dem Teil da beschäftigen, Dan. Und ob, Mann!«

»Ja ... klar!« Dan zögerte und starrte auf seinen erregten Pimmel hinab. »Scheiße, ich bin schon wieder geil!«

»Spar dir's auf fürs Wochenende. Du wirst jeden Tropfen Sperma brauchen, den du hast, Kumpel!«

»Okay – Kumpel!«

Als Dan sich umdrehte und zur Dusche hastete, legte Mike sich bequem zurück, kicherte lautlos und beobachtete, wie der bleiche, feste Arsch des blonden Schwimmers bei den schnellen Schritten bebte. Dann war er alleine und rieb sich zufrieden die eigene, wieder aufragende Latte.

»Tja, Dan, du willst 'nen Kumpel – 'nen Schwanzlutscher – und ich werd' dir beibringen, was 'n Macker mit 'nem Pimmel und 'nem Arsch wie du alles anstellen kann!«

Er hörte, daß das Wasser zu rauschen anfing, ließ seinen Ständer los und wartete, bis er sich beruhigt hatte, dann stand er auf und schlich sich auf Zehenspitzen durch die Handtuchkammer.

Mike mußte mal, aber er ließ die große, gut beleuchtete Toilette gegenüber der Dusche links liegen. Statt dessen spazierte er durch den Umkleideraum zu dem kleineren Becken im Schatten am anderen Ende. Die meisten wußten gar nicht, daß hier auch ein Pißbecken war.

Die warme, abgestandene Luft war vom Geruch von schaler Pisse und Desinfektionsmittel geschwängert, und Mike ging direkt auf das Urinal zu. Er packte mit Daumen und Zeigefinger seinen Schwengel an der Wurzel, schüttelte und fing an, zu pissen.

»Hey Mike«, sagte eine kühle, männliche Stimme gelassen, während eine bullige Gestalt im Eingang hinter Mike auftauchte.

»Hey, Jim.«

Jim war ein Jahr älter als Mike, rothaarig und sommersprossig, eher wie ein Footballspieler gebaut als wie ein Schwimmer. Nackt und muskulös stellte er sich neben Mike auf, zupfte ohne Verlegenheit an seinem Schwanz und ließ ihn beim Pissen frei hängen.

Mike hatte den Pimmel des kernigen Mackers schon oft gesehen, aber trotzdem konnte er nicht verhindern, daß sein Blick zwischen dem Teil, das er hielt, und dem von Jim hin und her ging. Der glatte Elfenbeinschaft pendelte unter dem üppigen Gebüsch rostroter Schamhaare, und die rosige Eichel quoll aus dem dicken Kragen der Vorhaut, die schweren Eier baumelten vor und zurück, während ein stetiger Strom Pisse in das Urinal plätscherte.

»Du und Paul, ihr habt euch Dan geschnappt?« fragte Jim cool.

»Ja. Wie kommst du da drauf?«

»Ich hab' gehört, was der Trainer darüber gesagt hat, Dan in die Meute zu kriegen.« Er schüttelte die letzten Tropfen von seinem Schwengel. »Und, war's gut?«

»Verdammt gut fürs erste Mal.« Mike war fertig und fummelte an seinen erschlafften Eiern. »Er kommt mit rauf am Wochenende.«

»Okay. Hab nichts dagegen, ihn in den Arsch zu ficken.«

»Ich krieg den ersten Schuß in seinen Hintern, du Mistkerl!« Er grinste über Jims bullige Nacktheit und seine massiven, ungeschützten Genitalien. »Du kommst erst dran, wenn ich ihm die Rosette gevögelt hab.«

»Mann, ich hätt auch nichts dagegen, euch beide zu bumsen.« Er schaute Mike an, spielte an seinem schweren Schwanz herum und kicherte. »Meinst'e der fährt auf'n Dreier ab?«

»Scheiße, der fährt auf alles ab, solange er denkt, wir sind alle Kumpels.« Er befeuchtete sich die Lippen, um dann zu dem Waschbecken zu schlendern, das in der Ecke des kleinen Raums im Schatten lag. »Wir werden einen draufmachen, hm?«

»Klar.« Jim begutachtete die breiten Schultern des Jungen,

seinen kräftigen, braungebrannten Rücken, die plötzlichen Bewegungen seiner bleichen, runden Arschbacken. Dann sagte er langsam: »Weißt'e, ich dacht's mir irgendwie schon, daß du's bei Dan versuchen würdest.«

»Wie das?«

»Ich mach in dem Semester meinen Abschluß, und da brauchst du 'ne Menge Action, wenn ich weg bin.«

»Da gibt's immer noch Paul«, grummelte Mike abwehrend.

»Klar, Paul ist 'n guter Schwanzlutscher und hat nichts dagegen, sich sein' kleinen Knackarsch bumsen zu lassen, aber Dan hat 'n richtigen Männerschwanz, stimmt's?«

»Ungefähr so wie du, nehm ich an.«

»Na dann zeigen wir ihm mal, was du magst.« Als er sah, wie Mike sich vorbeugte, um sich die Hände zu waschen, trat er hinter ihn und streichelte sein glattes, festes Hinterteil. »Ich bring ihm bei, wie er dir die Fresse und dein Arsch ficken muß. Ist doch das wenigste, was ich für meinen guten Kumpel tun kann, hm?«

»Jim–« Er schluckte schwer, als er spürte, wie Jims Fingerspitzen die enge Spalte zwischen seinen Backen nachzeichnete. »Ich dachte mir – wenn Dan mit Duschen fertig und weg ist – könnten wir zusammen duschen und – du weißt schon.«

»Scheiße, Kumpel, warum machen wir's nicht gleich hier? Zum Waschen haben wir nachher immer noch Zeit. Ich leg dich noch mal im Handtuchkabuff flach.« Fachmännisch und verlockend ließ er seine Finger zwischen die Fleischhügel tauchen. »Ja, wir können 'n bißchen blasen, und dann kriegst du noch mal 'ne Injektion mit 'nem geilen Schwengel in dein' Arsch!«

Mike schaute auf, und sein Blick traf auf sein Spiegelbild

in dem fleckigen Spiegel über dem Becken. Er sah sein eigenes dunkles Haar und die ausgeprägten Züge, seinen stämmigen Wuchs und die schwarze Seide, die sich über seine breite Brust breitete, und seinen mächtigen, steifen Schwanz.

Er faßte das Spiegelbild des Rotschopfs hinter sich in den Blick: das selbstsichere Lächeln, die muskelbepackte, sommersprossige Haut, die männliche Figur, den harten Hammer mit der dunkelroten Eichel, der aus dem Busch rotgoldener Schamhaare zwischen den Beinen hervorragte.

»Dan hat'n größeren Ständer als du, verdammt.!«

»Kann schon sein«, kicherte Jim. »Aber der weiß noch nicht, was er damit anstellen muß, und das weiß ich todsicher!«

Mike blickte nach unten und sah die Hand des Rothaarigen, die von hinten herumfaßte, die Seife fand, sich die Finger einseifte und wieder verschwand. Mit gespreizten Beinen beugte er sich vornüber, stützte sich auf dem Rand des Beckens ab und entspannte seinen Hintern.

Und er spürte, wie Jim den Zugang zu seinem Arschloch anfeuchtete.

»Ja, Kumpel! Zeig's mir! Fick mich, Mann!«

»JA ... MIKE ... MANN ... NIMM IHN ... BIS ZUM ANSCHLAG, KUMPEL! JAAAAA!«

DOPPEL-PARTNER

Mit einundzwanzig war Johnny Carter der heißeste Star im Profitennis. Er war hübsch, dunkel und kräftig und hatte einen Ruf als Playboy ... und gut über $1.000.000 in Turnieren gewonnen.

Ja, er war 'ne große Nummer auf dem Tenniscourt, aber genau so 'ne große Nummer in den Klatschspalten der Tageszeitungen und Fanmagazine.

Zuerst hatte es diese wechselvolle Verlobung mit Cindy Evans gegeben, dem Teenager, der mit seinem coolen, lässigen Spiel an die Spitze des Frauentennis geschossen war. Cindy war blond und keß, und sie und Johnny hatten die perfekte Liebesromanze hingelegt. Durch die Publicity hatten sie noch zusätzlich Geld mit Werbeverträgen gemacht, als aber das öffentliche Interesse an den *Lieblingen der Tenniscourts* abflaute, hatte Johnnys Mutter vorgeschlagen: »Sieh zu, daß du die kleine Zicke loswirst.«

Also sah Johnny zu, daß er Cindy loswurde, und schnappte sich die Gewinnerin der Miss–Southern–Belle–Schönheitskonkurrenz. Die nuschelnde, rotblonde Schönheit strahlte leidenschaftlichen Sex aus, hatte 'ne Superfigur und entpuppte sich als doof wie Scheiße. Aber sie war sensationell fotogen, und alsbald berichteten die Klatschkolumnisten pflichtbewußt, daß sie Johnnys neueste »Reisebegleitung« sei.

Wie viele der Topspieler im Tennis war Johnny gewöhnlich von Film– und Fernsehstars umgeben, den Berühmten und Fast–Berühmten, die sich im Widerschein seines Ruhms sonnten und für noch mehr Publicity sorgten. Zusammen mit seiner Mutter Marvele und seinem Trainer Carl gab es über den Carter–Hofstaat immer etwas zu berichten.

Carl war etwa zehn Jahre älter als Johnny. Er war auf dem Weg zur Profispitze gewesen, bis er sich bei einem Autounfall das Bein zerschmettert hatte. Danach hatte er sich dem Training zugewandt, und Marvele hatte ihn als Trainer für Johnny ausgesucht, als der Junge noch Amateur gewesen war.

Marvele – na, jeder wußte, daß Marvele die tollste »Tennismutter aller Zeiten« war. Stolz verkündete sie: »Unser Johnny kennt nur eine Spielweise, und zwar die, die ich ihm beigebracht habe: gewinnen«, und solange *unser* Johnny gewann, kümmerte sie sich einen Scheiß um das, was er außerhalb des Courts machte. Andererseits hatte sie früh gelernt, sich nicht gegen Carl zu stellen.

Carl war der Trainer, und Johnny machte klar, das Carl das letzte Wort hatte. Es war das erstemal, daß Johnny je gegen seine Mutter aufgemuckt hatte, und Marvele war klug genug, sich nicht wieder einzumischen.

Das Finale des Western Deserts Classic war jedoch eine andere Geschichte.

Johnny Carter war der heißeste Superstar im Profilager, und als er und Ron Turner in der Endrunde aufeinandertrafen, war Johnny der absolute Favorit. Schließlich hatte er Turner jedesmal, wenn sie sich gegenübergestanden hatten, überzeugend geschlagen.

Turner war groß und blond und willensstark, aber Carter verfügte über Schnelligkeit und Phantasie und alle Tricks, für die seine Fans zahlten.

Die Western Champion Meisterschaft ging an den Sieger von drei aus fünf Finalrunden.

Johnny gewann den ersten Satz 6:4. Er blieb weit hinten,

mindestens einen Fuß weit außerhalb des Feldes, wenn Ron aufschlug, denn Turners erster Service war bekannt für Tempo und Genauigkeit. Aber er ging schnell ans Netz, sobald der Ball im Spiel war, täuschte, drängte und flammte seine berühmte zweihändige Rückhand entlang der Linie, was ihm den sicheren Sieg gebracht hätte, hätte Ron nicht irgendwie pariert.

Gewiß, Johnny gewann den ersten Satz, aber von seinem Platz neben Marvele und Miss Southern Belle entdeckte Carl den Haken in Johnnys Spiel, die Angeberei im fünften Spiel, den Konzentrationsmangel.

Carls Miene blieb teilnahmslos wie immer, aber sein finsterer Blick wechselte zu Johnnys Gegner, dem großen Blonden in einem hautengen Hemd, das den muskulösen, breitschultrigen Oberkörper betonte, und in der üblichen weißen Shorts, die sich zwischen den Beinen ausbeulte.

Carl kannte Johnny gut genug, um zu wissen, was dessen Konzentration gestört hatte. Langsam ausatmend gab er das Spiel an Turner.

Johnny und Ron spielten gleichwertig, bis es im zweiten Satz drei zu drei stand, 40 – Love bei Aufschlag Johnny. Sein Service war der schwächste Teil seines Spiels, aber er hätte ein As gemacht, wenn Ron es nicht mit einem verzweifelten Sprung abgefangen hätte. Johnny wechselte die Seite, hatte viel Zeit und benutzte die Rückhand, um seinen Return genau auf die Grundlinie zu plazieren. Ron warf die Arme in die Luft und grinste in Anerkennung des perfekt positionierten Schlags ... und der Linienrichter urteilte Aus!

Carl beobachtete Ron, der sich zum Schiedsrichtersitz aufmachte, um gegen die Entscheidung des Linienrichters Einspruch zu erheben.

Plötzlich setzte Johnny seine Chancen, daß der Punkt

überprüft oder neu gespielt würde, in den Sand. Er zeigte dem Linienrichter den Finger – Carters Stinkefinger, wie er im Fernsehen hieß – und der Schiedsrichter hatte Mumm genug, zu vergessen, daß Johnny der größte Kassenmagnet des Turniers war.

»Es steht 40:15, Linienrichterentscheidung«, verkündete er. »Bitte setzen Sie das Spiel fort, Gentlemen.«

Johnny richtete seinen nächsten Aufschlag direkt auf den unverschämten Linienrichter. Er traf ins Aus, und Ron nutzte seinen schwachen zweiten Service zu einem leichten Punktgewinn ... Marvele, das blöde Stück, stand immer noch da und wütete und schimpfte gegen die Fehlentscheidung, und Miss Southern Belle blinzelte und nuschelte: »Johnny, Süßer, gib dein Bestes, hörst du?«

Ron zwang das Spiel auf Einstand, und dann gelang ihm ein Break.

Der zweite Satz ging 7:5 an Turner.

Carl konnte ein schiefes Lächeln nicht unterdrücken, als er sah, daß Johnny im dritten Satz jeden Trick ausspielte, den er kannte. Der junge Champion raste ans Netz, um glänzende Volleys mit Turner zu wechseln. Urplötzlich ließ er sich zurückfallen, um den hübschen Blonden mit spektakulär plazierten Schlägen von einer Seitenlinie zur anderen zu hetzen. Er beschimpfte und verfluchte den Linienrichter bei jeder sich bietenden Gelegenheit, um dann sein gewinnendstes Lächeln ins Publikum zu werfen. Er zeigte dem Publikum Carters Stinkefinger und lächelte den Linienrichter an. Während dessen spielte Ron mit einer nahezu brutalen Kaltblütigkeit, und weigerte sich, sich von Johnnys Fähigkeiten, seinem Ruf oder seinen Mätzchen aus dem Konzept bringen zu lassen.

Der Satz ging ins Tiebreak, und als Ron mit einem Aufschlagas gewann, hielt Johnny das Spiel beinahe fünf Minuten lang auf, indem er über die Entscheidung lamentierte.

»Unfair!« kreischte Marvele. »Der war Aus! Der war Aus!«

»Der war gut«, murmelte Carl, den Blick auf Ron Turner geheftet. »Der Junge hat mit Johnny gleichgezogen.«

Der letzte Satz ging 6:2 an Ron.

Beim letzten Aufschlag flitzte Johnny ans Netz, nur um zu erleben, daß Ron ihm einen hohen Lob sauber über den Kopf und sicher ins Feld plazierte. Ron rannte nach vorn und streckte die Hand aus; aber Johnny ignorierte ihn und stapfte vom Court, ohne auch nur dem Schiedsrichter den traditionellen Gruß zuzunicken.

Es gab ein paar enttäuschte Pfiffe von den Rängen, aber die meisten Fans scherten sich einen Dreck, wenn es um Sportsgeist ging; das zählt nicht beim Profitennis.

Johnny schnappte sich ein Handtuch und wischte sich das schweißüberströmte Gesicht ab, hob die vier in Handarbeit an seinen Griff angepaßten Ersatzschläger auf und ging in Richtung Ausgang. Dingsbums Miss Southern Belle wartete auf ihn, üppig und sexy und unglaublich doof!

»Süßer!« nuschelte sie laut genug, daß die Reporter und Kameraleute sie hören konnten. »Du hast genau so gut gespielt wie immer!«

Sie feuchtete ihre Lippen an, damit sie verführerisch glänzten, und ihr üppiger Busen drohte, ihre Bluse zu sprengen. Sie fuhr mit dem Finger über Johnnys verschwitztes Hemd und umarmte ihn leidenschaftlich. Ihr Mund senkte sich mit animalischer Wildheit über seinen.

Sie küßte wie ein verfluchter Staubsauger, so daß die Fotografen, wie immer, sicher sein konnten, ihre Fotos an den Mann zu bringen.

»Ich hätte den verdammten Drecksack fertigmachen müssen!« maulte Johnny, als sie sich voneinander lösten.

»Du kommst jetzt mit ins Hotel, und da bekommst du 'ne gute, alte Südstaatenmassage, Liebling.«

Johnny war sich sicher, daß niemandem in Hörweite entgangen war, was ihr Angebot zu bedeuten hatte. Er warf einen Blick zurück und sah Carl im ernsthaften Gespräch mit Ron Turner.

»Komm schon«, knurrte er, schlang den freien Arm um die Hüfte der jungen Frau und zerrte sie durch das Knäuel von Autogrammjägern. »Macht, daß ihr wegkommt, ihr Wichser!«

Sie zwängten sich durch den Ausgang vom Stadion zum Parkplatz, wo ihre vom Veranstalter gestellte Limousine wartete. Marvele rekelte sich bereits auf der Rückbank.

»Steig ein«, sagte sie schneidend, um sich dann an den Fahrer zu wenden. »Zum Hotel, und zwar 'n bißchen plötzlich.«

»Wart noch auf Carl«, entgegnete Johnny ruhig.

Als Carl auftauchte, setzte er sich auf den Beifahrersitz, den anderen den Rücken zugekehrt.

»Bei diesem verfluchten Turnier spielen wir nie wieder!« verkündete Marvele, als der Wagen langsam in Richtung Stadtzentrum losfuhr. »Diese Linienrichter waren ja blind! Die sollte man nirgends auch nur in die Nähe eines Profispiels lassen! Und der Schiedsrichter – der hatte es auf Johnny abgesehen. Stimmt doch, Carl?«

Carl gab keine Antwort. Marvele verstummte.

Als die Limousine vor dem Hotelportal anhielt, sprach Carl endlich. »Geh auf dein Zimmer und nimm 'ne Dusche, Johnny. Ruh dich heute abend aus, und wir bleiben morgen noch hier zum Trainieren.«

Er stieg aus und ging in Richtung Hotelhalle. Johnny folgte ihm automatisch.

»Ich ruf euch später zum Abendessen an«, warf er den beiden Frauen zurück, dann beeilte er sich, um zu seinem Trainer aufzuschließen.

Schweigend durchquerten sie die Hotelhalle und nahmen einen Lift zu ihrer Suite auf der dritten Etage: zwei Schlaf– und ein angrenzendes Wohnzimmer mit einer Bar in der Ecke.

»Geh duschen«, befahl Carl ruhig, als sie die Suite betraten. »Wir kriegen Gesellschaft.«

»Ron Turner? Ich hab gesehen, wie du mit dem Drecksack nach dem Spiel geredet hast.«

»Genau. Er weiß, wo's langgeht.«

»Vergiß es!« schnaubte Johnny. »Nur weil das Arschloch mich besiegt hat –«

»Er hat dich nicht besiegt«, unterbrach Carl ihn kühl. »Du hast verloren, weil du's vermasselt hast.« Er schlenderte zur Bar. »Geh, und nimm 'ne Dusche, Kumpel.«

Johnny schluckte verärgert, drehte sich auf dem Absatz um und stampfte auf sein Zimmer.

Wenige Minuten später hörte Carl die Dusche aus dem kleinen Bad neben Johnnys Schlafzimmer. Der Anflug eines Grinsens stahl sich in seine Mundwinkel. Er ließ Eiswürfel ins Glas fallen, schüttete Bourbon darüber und füllte mit Wasser auf. Nachdem er an dem Drink genippt hatte, öffnete er die Knöpfe an seinem Hemd und zog es aus.

Carl war mittelgroß, hatte schwarze Haare und dunkle Haut. Seine Figur war muskulös und männlich. Ein dickes, schwarzseidiges Gebüsch bedeckte die vollen, kräftigen Rundungen seiner Brust und leckte an seinen kleinen, rötlichen Brustwarzen. Eine dicht bewachsene Linie schlängelte sich über seinen Bauch und Unterleib, bevor sie breiter wurde und in seiner tiefgeschnittenen Hose verschwand.

Er hörte, daß die Dusche abgedreht wurde und mixte rasch einen zweiten Drink, dann nahm er beide Gläser mit in Johnnys Zimmer.

Johnny Carter, der heißeste junge Tennisprofi, kam aus dem Bad, noch während er sich mit dem rauhen Hotelhandtuch die Haare trocknete. Seine Locken waren feucht und zerzaust, und sein hübsches Gesicht leuchtete in der frühen Abenddämmerung, die das Zimmer erfüllte. Sein Körper war, bis auf den elfenbeinweißen Streifen, der seine Tennisshorts abzeichnete, leicht gebräunt, und seine Figur war, obgleich stämmig, jungenhaft. Seine Schultern und Arme waren muskulös, und unterhalb seiner Kehle zeigte sich eine leichte Brustbehaarung, die immer spärlicher werdend durch den tiefen Einschnitt seiner Brust verlief, bis sie ins dichte Gebüsch seiner Schamhaare zwischen seinen Beinen überging. Sein Oberkörper verengte sich deutlich zu den schmalen Hüften, aber seine Beine waren stramm und kräftig.

Carl sah, daß Johnnys rubinrot gekrönter Schwanz aufrecht stand, anstatt locker zu hängen – nicht verwunderlich, wenn man Carter so gut kannte wie Carl.

»Ich hab dir einen Drink mitgebracht, Johnny.«

»Danke.« Er warf das Handtuch beiseite und wandte sich dem Schreibtisch zu, beugte sich darüber und ließ die festen Rundungen seines glatten, blassen Hinterns sehen, während er in den Schubladen kramte. »Ich will mich erst anziehen. Wo, zum Teufel, sind meine Shorts?«

»Vergiß das mit dem Anziehen. Wie ich dir schon sagte, weiß Ron, was Sache ist, und er kommt, um sich seine Belohnung abzuholen.«

Johnny erstarrte und drehte sich langsam um, blickte Carl

eine Weile in die Augen, um dann den angebotenen Drink entgegenzunehmen.

»Du bist 'n echter Drecksack, Carl.«

»Ich hab dich gewarnt, was passieren würde, wenn du das Match verlierst, indem du's versaust.« Carl zuckte die Achseln. »Du hast die Konzentration verloren.«

»Verflucht, Turner hat einfach Glück bei 'n paar Entscheidungen von diesen verdammten Linienrichtern gehabt.«

»Du hast die Konzentration verloren«, wiederholte Carl beharrlich. »Der blonde Riese hat dich durcheinandergebracht, und du hast die Konzentration verloren.«

»Scheiße!«

Der Summer an der Tür surrte, und Carl wandte sich von Johnny ab, um das Wohnzimmer zu durchqueren und aufzumachen.

Ron wartete im Flur; er war hochgewachsen und sonnengebräunt, sein goldblondes Haar lag unordentlich, und seine straffe, athletische Figur zeichnete sich unter dem Poloshirt und den frischen Tennisshorts ab.

»Alles klar, Carl?«

»Ja, komm rein.« Carl sah genau hin, als Turner eintrat, dann schloß er die Tür und verriegelte das Schloß. »Drink?«

»Später vielleicht.«

»Du willst zu Johnny?«

»Und ob!« Ron setzte ein ehrliches Lächeln auf. »Der Macker turnt mich echt an ... und du auch, verdammt!«

Johnny erschien in der Tür zum Schlafzimmer, um die Hüften ein Handtuch geschlungen. Er blickte die beiden Männer düster an.

»Was willst du?«

»Carl sagte mir, du bist 'n Schwanzlutscher.« Rons

Lächeln wurde härter. »Ich hätte nichts dagegen, wenn der große Johnny Carter mal an meinem Teil nuckelt.«

»Das war Carls bescheuerte Idee, nicht meine.«

»Ron hat das Match gewonnen«, knurrte Carl, machte es sich in einem Sessel bequem und streichelte sich bedächtig über die Brust. »Zahl deine Schulden, du Niete.«

»Scheiße!« Johnny starrte Carl an, dann wandte er sich wieder Ron zu. »Verflucht, laß die Shorts fallen, und bringen wir's hinter uns.«

»Zieh sie mir aus«, befahl Ron, der mit gespreizten Beinen und den Händen in den Hüften dastand. Johnny zögerte, dann zuckte er die Achseln, trat einen Schritt vor, hob das lose Poloshirt des Blonden an und machte ihm die Shorts auf. Rons goldbraune Haut endete unvermittelt gleich unter seinem tiefen Bauchnabel, wo ein Jockstrap mit breitem Bund, der sich über seinen flachen Bauch spannte, sich deutlich ausbeulte.

Johnny schob Rons Shorts auf die schlanken, sehnigen Schenkel und sank auf die Knie, während er den Bund nach unten zog.

Rons Genitalien baumelten frei, sein breitschäftiger Schwanz wölbte sich aus dem Gebüsch aus hellbraunen Haaren über seinen großen, von einem dünnen Sack verhüllten Eier.

»Jesses!« murmelte Johnny mir großen Augen. »Du hast da ja einen hängen wie'n–«

»Ich scheiß drauf, ob ich so'n großen da hängen hab, wie irgend 'n anderer Macker, dem du einen geblasen hast, Arschloch!« Ron streckte seinen massiven Schwengel in das Gesicht des Knienden. »Schieb ihn dir tief rein – oder hast du Angst, du könntest dran ersticken?«

»Halt's Maul!« antwortete Johnny schneidend. Er packte

den schlaffen Schwanz an der Wurzel und hielt ihn sich an die Lippen.

Er leckte und schnüffelte an der spitzen Eichel, dann nahm er sie in den Mund.

Während er daran schlabberte und saugte, fing die Fleischröhre an, zu zucken und steif zu werden.

Er hielt sich an Rons schmalen Hüften fest und zeigte, was er konnte, indem er den Kolben bis zum Anschlag schluckte und ihn in der Kehle behielt, als dieser länger wurde und sich heiß in ihm ausdehnte.

Als er ganz steif war, zerrte Ron ihn heraus. »Küß meine Eier, Johnny! Leck mir die Klöten!«

»Ich beiß sie dir noch ab, du Drecksau!«

»Quatsch!« knurrte Carl, der sich in seinem Sessel zurückgelegt hatte und zuschaute. »Du machst, was Ron dir sagt, du Versager!«

Aus dem Augenwinkel erhaschte Johnny einen Blick auf seinen Trainer – die entschlossenen Züge waren von einem leichten Grinsen durchbrochen, die männliche Brust war entblößt, die stämmigen Beine gespreizt, und aus seiner maßgeschneiderten Hose ragte der stramme Ständer.

Mit einem Grunzen beugte Johnny sich vor und drückte Rons dicken Schwanz beiseite, um mit den Lippen die riesigen, freiliegenden Hoden zu liebkosen. Er spürte, wie der Blonde unter dem Gefühl erschauerte und fuhr mit der Zunge spielerisch über den behaarten Sack.

»So ist's richtig!« rief Ron. Er griff nach unten, um Johnny am Kopf zu packen und ihm den Unterleib ins Gesicht zu rammen. »Leck mir die Klöten, du Hurensohn!«

Johnny inhalierte den würzigen Duft der erregten Genitalien des Mannes. Willig nahm er die empfindlichen Kugeln in den Mund.

Ron hielt eine Weile still. Dann beugt er sich nach vorn und fuhr mit den Händen über Johnnys muskelstarrenden Rücken, faßte das Handtuch an seinen Hüften und riß es weg. Einen Moment lang streichelte er die bleichen, runden Backen von Carters entblößtem Arsch. Als er sich wieder aufrichtete, konnte er sehen, daß Johnnys Schwanz stahlhart in die Höhe ragte, während an der Eichel ein Lusttropfen glitzerte, der seine Erregung verriet.

Er warf Carl einen Blick zu und tauschte ein wissendes Grinsen mit dem bulligen Trainer aus. Dann drehte er sich wieder um und zog sich das Poloshirt über den Kopf.

Rons Schultern waren breit, und die ausladenden, flachen Rundungen seiner Brust waren mit goldblondem, weichem Fell bedeckt, die Brustwarzen auf beiden Seiten waren dunkel. Sein langer Oberleib verengte sich zu einer schlanken, V–förmigen Hüfte, und sein riesiger Schwanz hüpfte über dem Gesicht des jungen Mannes, der an seinen Eiern saugte.

Er sah Johnnys Hand zu seinen Schenkeln gehen und von da aus nach oben wandern. Er schloß die Augen und ließ Johnny erregt seine Manneszierde begutachten.

Plötzlich ließ Johnny Rons Eier fahren und nahm den steifen Schwanz wieder tief in die Kehle auf.

»Langsamer!« knurrte Ron und machte sich frei. Er blickte hinüber zu Carl. »Irgend 'ne Gleitcreme da? Ich werd den Macker jetzt gleich in den Hintern vögeln!«

»Scheiße!« protestierte Johnny und starrte auf den riesigen, glitzernden Hammer des Blonden. »Ich laß doch nicht diese verdammte Zaunlatte an meinen Arsch ran!«

»Ich hab was in meinem Zimmer«, sagte Carl ruhig, stand auf und richtete seine Hose. »Komm mit.«

Johnny sah die beiden Männer ins Schlafzimmer gehen, erhob sich von den Knien und folgte ihnen.

Sein speerförmiger Schwengel ragte starr aus der dichten Masse von Haaren an der Wurzel, und seine Eier waren bis zum Platzen gespannt.

Ron Turner beschmierte seinen Steifen bereits mit Gleitmittel. Carl schaute ihn ausdruckslos dabei zu.

Johnny hatte das Tennismatch an Ron verloren, und Carl wußte verdammt genau, wieso!

»Steig aufs Bett und geh auf Hände und Knie«, sagte Ron, ohnc Johnny auch nur anzuschaucn. »Ich fang bcim Fickcn gern im Stehen an.«

Johnny kletterte aufs Bett, ging auf Hände und Knie und streckte seinen Arsch hin.

»Du Sau!« heulte Johnny auf, als Rons Bolzen in seinem bebenden Arschloch stocherte. »Arrrgggghhh!«

Hinter dem zusammengekauerten Mann stehend, behielt Ron seinen starren Mast halb eingeführt und massierte Johnnys glatte Hinterbacken.

»Der Junge ist ja 'n ganz schöner Schreihals«, beklagte er sich bei Carl. »Vielleicht hält er's Maul, wenn du ihm den Schwengel reinsteckst.«

Auf Carls Lippen erschien der Anflug eines Lächelns. Er öffnete die Hose und schob sie hinunter. Sein Schwengel federte nach vorn und bog sich gegen seinen Bauch zurück; der breite, lange Schaft starrte vor knotigen Adern, die mächtige Eichel war tiefrot und bedrohlich, und er zupfte an seinen schweren Eiern, als er sah, daß Ron beim Anblick seiner Manneszierde anerkennend nickte. Dann ging er ans andere Ende des Betts, kniete darauf nieder und bot Johnnys Gesicht seinen Unterleib dar.

»Na denn, Kumpel«, murmelte er. »Mach dich über mein Teil her, wie Ron 's dir gesagt hat.«

Johnny hob den Kopf und starrte Carls mächtiges Gehänge an. Dann kroch er nach vorn, schloß die Arme um die Hüften seines Trainers und schluckte seinen Schwanz, nahm ihn mit fachmännischer Kenntnis bis zum Anschlag.

Carl schaute zu, wie der junge Meisterspieler seinen angeschwollenen Bolzen vertilgte und ihn tief in der Kehle behielt, dann packte er Ron an den Schultern und hielt ihn so fest.

Ron erkannte die Absicht, machte sich bereit und trieb seinen kräftigen Hammer in einem einzigen entschlossenen Stoß tief in Johnnys verkrampftes Loch. Er hörte das erstickte, lustvolle Aufheulen, und zog wieder zurück bis zur Eichel, nur um wieder zuzustoßen ... und wieder.

»Mann, ist das 'n toller Arsch!« murmelte er mit festem Blick auf Carl. »Hast'e den schon mal gevögelt?«

»Ja, vor 'nem Jahr oder so. Schwanzlutschen konnte er schon, als ich anfing, ihn zu trainieren, aber es hat 'ne Weile gedauert, bis er so locker wurde, daß man ihn bumsen konnte.« In Reaktion auf Johnnys stetiges Saugen stieß er die Hüften nach vorn und massierte ihm beinahe zärtlich die Schultern. »Er ist 'n guter Junge – wenn er nicht grade Mist baut.«

»Hat ja auch 'n super Trainer.«

Johnny lag zwischen die beiden Männer gekauert, Rons erbarmungsloser Kolben pumpte ihm rhythmisch in den Hintern, der von Carl steckte ihm tief im Mund, und sein eigener Schwengel zuckte vor Geilheit.

Carls Hände arbeiteten sich über Johnnys muskulösen Rücken vor und trafen auf die von Ron. Sie grinsten sich an, während sie gemeinsam ihr williges Opfer benutzten.

Sie arbeiteten Hand in Hand, trieben mit quälender Langsamkeit auf den unausbleiblichen Höhepunkt zu, beugten sich über den Playboy und Tennisspieler, bis ihre Gesichter sich fast trafen. Dann sah Carl, wie Rons Augen aufblitzen und er mit ekstatisch verzerrten Zügen den Kopf zurückwarf.

»Zusammen Ron! Du und ich und Johnny!«

»Jaaahhh!« Er stieß die Hände unter Johnny, um die gespannten Eier des Jüngeren zu packen und seinen steifen Schwengel zu wichsen. »Ja! Zusammen! Arrgghh!!«

Carl preßte die Augen zusammen und griff wieder nach Johnnys Schultern, und sein Atem pfiff durch die zusammengebissenen Zähne, während er seinen zuckenden Schwanz in die saugende Kehle rammte und reißende Ströme von Sperma entlud.

Das Zimmer hallte von den heiseren, männlichen Lustschreien, die zu Stöhnen und dann zu befriedigtem Brummeln verebbten.

Dann spürte Carl, wie Johnnys Zunge an der Wurzel seines Schwengels schlabberte, um die letzten Tröpfchen Sperma aufzulecken, die ihm aus dem Mund geflossen und auf die Eier getropft waren.

Mann, Carl hätte nie gedacht, daß der Junge jeden Zentimeter seines Bolzens würde aufnehmen und dann noch Platz finden können, um ihm die Eier zu lecken; aber genau das tat Johnny immer, wenn er sich besonders geborgen und befriedigt fühlte.

Ron hatte sich flach auf Johnnys Rücken gelegt und zog sich jetzt langsam hoch, während er die Hände unter dem Unterleib des reglosen Mannes hervorzog. Seine Finger waren mit dicker, zäher Flüssigkeit beschmiert, und er wischte sie an Johnnys hochgerecktem Arsch ab, während er seinen erschlaffenden Schwanz langsam herauszog.

»Der Junge läßt sich echt gut ficken«, sagte er ruhig, suchte Carls Blick, den er lange hielt, und schwang sich dann vom Bett. »Ich brauch 'ne Dusche.«

»Das Bad ist gleich hier, Ron.«

»Danke.«

Johnny lag noch immer quer über dem Bett mit dem Gesicht in Carls Schoß und den immer noch steifen Schwanz des Trainers im Mund. Er wartete ab, bis das Geräusch strömenden Wassers aus dem Bad kam, bevor er zurückwich, an Carls Hoden schnüffelte und sich mit zur Seite gekehrtem Gesicht auf den Bauch des Mannes legte.

»Du wirst fett, Carl.«

»Quatsch!«

»Doch.« Johnny schlang die Arme fester um Carls Hüfte. Seine Stimme wurde weicher. »Du hattest recht mit dem, was du über meine Niederlage gegen Ron sagtest, Trainer. Ich hab's versaut. Ich wurd geil ... hab versucht, mit Mätzchen Punkte zu machen ...«

»Der gute, alte Carter–Stinkefinger?«

»Genau.«

»In dem Moment wußte ich, daß du verlierst, Kumpel«, sagte Carl freundlich. »Du und Ron, ihr würdet gute Partner beim Doppel abgeben.«

»Scheiße!«

»Du spielst nicht schlecht Doppel. Er auch nicht.«

»Ja«, flüsterte Johnny. »Aber ich will nicht, daß du–«

»Ich werd die Regeln zwischen dir und mir nicht ändern.« Er wuschelte spielerisch durch Johnnys Haar. »Andererseits hat Ron fast genau so 'n hübschen Arsch wie du.«

»Drecksack!« kicherte Johnny. »Hey, darf ich ihn eigentlich auch ficken, wenn er unser nächstes Match verliert?«

»Mann, wahrscheinlich kommst du noch viel eher in seinen Hintern!« Carls grinste und tätschelte Johnnys Kopf. »Du gehst besser unter die Dusche, während ich Ron auf Vordermann bringe.«

»Du bist der Trainer«, stimmte Johnny zu und richtete sich lächelnd auf. »Du bist der Größte, Carl. Ich hab bestimmt nichts dagegen, mit Ron rumzuvögeln; aber wenn's ums Liebemachen geht, dann wird das immer nur zwischen uns beiden ablaufen.«

Ehe Carl antworten konnte, stand Johnny auf den Beinen und machte sich auf in sein eigenes Schlafzimmer.

Carls mächtiger Schwanz war noch immer halb steif, und er fummelte nachdenklich daran herum, als er sich vom Bett erhob, um ins Wohnzimmer zu gehen. Sein Drink war vom geschmolzenen Eis wässrig geworden, und er leerte ihn ins Spülbecken, füllte das Glas mit frischem Eis und wählte dann mit einer Hand die Nummer der Hotelvermittlung.

»Mrs. Marvele Carters Zimmer.« Er rührte mit einem Finger in seinem Drink, bis die blecherne Stimme von Johnnys Mutter das stetige Freizeichen unterbrach. »Marvele, hier ist Carl. Geh du mit Miss Maiskolben schon mal zum Abendessen. Johnny schafft's heute nicht.«

»Verdammt, Carl, ich hab ein Interview und einen Fototermin arrangiert und –«

»Er ist erledigt und braucht Ruhe.« Pause. »Außerdem fängt er morgen an, mit Ron Turner als Partner Doppel zu trainieren.«

»Turner?« heulte Marvele auf. »Mit dem blonden Miststück? Mein Johnny spielt nie im Leben Doppel mit –«

»Ich dachte, es sei *unser* Johnny, Marvele«, knurrte Carl spitz, um dann wieder ruhig zu werden. »Das gibt 'ne gute Show, wenn die beiden zuerst im Einzel um die Meisterschaft kämpfen und sich dann zusammentun, um das Doppel zu gewinnen.«

»Oh«, murmelte sie, offensichtlich die Publicitymöglichkeiten erwägend. »Naja, das könnte klappen.«

»Genau.« Er grinste in sich hinein, wissend, daß Marvele sich geschlagen gegeben hatte. »Ron wird mit uns fahren. Wir haben zwei Wochen, um die Jungs für die Houston Open in Form zu bringen.«

»Hmmm – hat Turner 'ne – 'ne – äh – 'ne Frau dabei?«

»Er kann Miss Maisstengel nehmen, wenn er 'ne Fotze braucht. Dafür ist sie doch da, oder?«

Marvele grunzte. »Wir könnten eine Rivalität zwischen den Jungs um ihre Zuneigung arrangieren und Turner gewinnen lassen. Sie fängt allmählich an, verdammt zu nerven!«

»Atta, atta Kleine, Marvele«, sagte Carl zufrieden. »Du kannst ja alle Einzelheiten ausarbeiten.«

Er legte auf und griff nach seinem Drink.

»Krieg ich auch einen, Carl?« Nackt und braungebrannt stand Ron lächelnd in der Tür. »Ich glaub, ich hab mir einen Drink verdient.«

»Du hast dir noch viel mehr verdient, Mann.« Carl fing an, zwei weitere Gläser einzuschenken. »Und Johnny auch. Hast du Lust, im Doppel mit ihm zu spielen?«

»Klar.« Er spielte an seinen schwer hängenden Genitalien und blickte Carl eindringlich an. »Woher weißt du, daß ich auf Sex mit Kerlen abfahre?«

»Junge, du bist lange genug beim Tennis, um zu wissen, wo's langgeht.« Er reichte Ron die Drinks. »Nimm einen dem Kleinen mit rein, hm?«

»Geht klar.«

Carl sah zu, wie Ron auf Johnnys Zimmer zuging, und leckte sich die Lippen beim Anblick der Bewegungen des bleichen, knackigen Hinterns des Blonden. Kurz darauf hörte er die Stimmen der jungen Männer und entspanntes Gelächter. Er nahm sich Zeit für seinen Drink.

Das abendliche Zwielicht ging in Nachtschwärze über, als er in den anderen Raum schlenderte. Ron und Johnny lagen ausgestreckt und nackt auf dem Bett.

»Was, zum Teufel, macht ihr beiden denn da?«

»Wir lernen uns kennen«, antwortete Johnny mit zufriedenem Lächeln. »Ich hab Ron grade erzählt, was für'n Ekelpaket du bist.«

»Scheiße, wenn ich nackig mit 'nem anderen Kerl auf dem Bett läge, dann wäre das das Letzte, worüber ich reden würde!«

Johnny warf Ron einen Blick zu, und wie ein Mann sprangen sie auf, packten Carl und zerrten ihn aufs Bett.

Die drei Männer rangen zusammen, mit aufgerichteten Schwänzen, fluchend und kreischend. Carl ließ sich von ihnen aufs Bett nageln.

»Du hast recht, Johnny«, murmelte Ron, während er Carls nackte Oberkörper streichelte. »Dein Trainer ist 'n Ekelpaket – 'n verdammt sexy Ekelpaket!«

»*Unser* Trainer«, stellte Johnny richtig. »Gewöhn dich besser an das Miststück.«

»Ich werd's versuchen.«

»Okay, Jungs«, brummelte Carl, während die beiden jungen Männer verführerisch an seinem nackten Leib herumspielten. »Heut nacht könnt ihr meinetwegen rumvögeln, aber ab morgen reiß ich euch den Arsch auf.«

Ron kicherte, rückte näher an Carl heran und fuhr mit den Lippen am straffen, behaarten Bauch des Mannes abwärts. Er hielt inne, als er an das rauhe Gebüsch kam, dann hob er den Kopf und musterte lange Carls riesigen, steifen Schwanz. Seine Finger schlossen sich um die Wurzel des mächtigen Schafts und zogen ihn nach oben. Nahezu träge beugte er sich hinunter, um an der massiven, dunkelroten Eichel zu schnüffeln, dann leckte er sie gewissenhaft ab, und dann steckte er sie sich in den Mund.

»Gottverdammich!« stöhnte Carl leise, als er sah, daß der braungebrannte Blonde jeden einzelnen Zentimeter seines Rammbocks nahm. Er drehte den Kopf und grinste zu Johnny hinüber. »Weißt du noch, als du das zum erstenmal versucht hast?«

»Und ob, ich bin fast dran erstickt.«

»Du warst ein verdammter kleiner Wichser, hast versucht, Mätzchen zu machen.«

»So war's wohl.« Johnnys Ausdruck wurde nüchtern. »Ich erinnere mich auch, als du mir zum erstenmal einen geblasen hast ... und an alles seitdem.«

»Ich auch.« Er blickte hinunter zu dem nackten Sportler, der fachmännisch an seinem Schwengel saugte, und dann wieder zu Johnny. »Steig hier rauf, Kumpel.«

»Jau!« Johnny schwang die Knie über Carls Brust und bot ihm seinen steifen Schwanz. »Willst'e auch mal Doppel spielen, Trainer? Ron bläst bei dir und du bei mir?«

»Klar, aber–« Ein breites Lächeln breitete sich über sein Gesicht beim Anblick des hübschen, geilen Tennisspielers. »Aber wie wär's, wenn wir uns ein neues Spiel ausdenken? Mit 'nem Doppel anfangen und mit 'nem Dreier aufhören?«

»Okay, solange wir auch Einzel spielen können. Nur du und ich.«

Carl antwortete, indem er den Kopf hob und nach Johnnys Eiern tauchte, an ihnen knabberte und züngelte und saugte, und dann gierig zu seinem speerförmigen Schwanz überging. Er schluckte ihn bis zur Rille und machte halt, um zu dem erregten Macker aufzuschauen, der über ihm kauerte.

Ihre Blicke trafen sich, und Johnny nickte in stillem Einverständnis. Er löste sich von Carl und drehte sich um, um über das Bett zu kriechen und nach Rons ungeschütztem Ständer zu greifen.

Carl erhob sich auf einen Ellbogen und musterte die beiden jüngeren Männer – Ron blond und braungebrannt und schlaksig, das Gesicht zwischen seinen Beinen vergraben, und Johnny, stämmig und dunkelhäutig, der Rons mächtigen Hammer aufnahm, während er seinem Trainer seine eigene glänzende Latte darbot – und er griff mit einer Hand nach unten, um Ron übers Haar zu streichen, während er mit der anderen an Johnnys fetten Eiern fingerte.

»Egal ob Einzel, Doppel oder Dreier, das wird 'ne super Mannschaft!« sagte er sanft. Er schloß das Dreieck, indem er Johnnys zuckenden Schwanz wieder in den Mund steckte.

SCHNELLE BAHN

Das Hampton College war auf den Gesamttitel in Leichtathletik abonniert. Andere Sportarten kamen und gingen, aber die Aufnahme in das Leichtathletikteam von Hampton war ein Zeichen echter Anerkennung für einen Studenten. »Vereinigung von Ausbildung und sportlicher Meisterschaft« hieß das oft wiederholte Motto der Anstalt, und eine Siegerurkunde in Leichtathletik war der äußerste Leistungsbeweis.

Gil war im zweiten Studienjahr nach Hampton gekommen, und als er bei den Auswahlwettbewerben antrat, gab es keinen Zweifel, daß er einen Spitzensprinter abgeben würde. Die Jungenhaftigkeit seiner markanten Züge wurde unterstrichen von einer braunen Haartolle, die ihm wild in die breite, braungebrannte Stirn fiel, aber seine jugendliche Figur formte bereits die kraftvollen, sehnigen Muskeln eines geborenen Athleten aus.

Der Trainer sagte, es sei okay, wenn Gil mit der Mannschaft trainierte, und bald hatte er entdeckt, daß Schnelligkeit auf der Bahn nicht die einzige Anforderung war, wenn man wirklich zum Team gehören wollte. Tom, der Mannschaftskapitän, der Student im letzten Jahr war, machte das verdammt klar.

Gil trainierte noch spät und versuchte, beim Abstoß vom Startblock schneller zu werden. Der Umkleideraum in der Sporthalle war verlassen, als er die Dusche betrat und sich Khakihemd und Hose auszog. In einem lose hängenden T-Shirt und Trainingshose kam Tom hereinspaziert und bot

Gil fast beiläufig an, ihm den Umkleideraum der Champions zu zeigen.

Den anderen Sportlern war das Betreten des Championraums nicht gestattet, und Gil folgte Tom mit einem Gefühl kribbelnder Spannung.

Gil hatte die anderen Jungs über Tom reden hören, wie er Befehle erteilte und wie er gewissermaßen die Mannschaft leitete und die anderen Sportler – naja, zu Sexspielchen zwang. In der Tat hatte er Gil gegenüber schon Andeutungen über Schwanzlutschen und solche Sachen gemacht.

Der Raum ähnelte eher einem Privatclub als einem Umkleideraum, hatte getäfelte Wände und zwei Reihen glänzender Spinde mit dem Namen des jeweiligen Benutzers und am Ende eine kleine, blitzblanke Dusche, eine gerahmte Liste früherer Absolventen, die mit ihren Beiträgen für diesen Luxus aufkamen, die Ehrentafel, auf der für alle Ewigkeit die früheren und derzeitigen Männer festgehalten waren, die für das Hampton–Team einen Titel gewonnen hatten.

Der Dämmerschein des Sonnenuntergangs drang durchs Oberlicht und legte sich auf Toms blonde Haare und seine markanten Züge. Sicher und selbstbewußt schaute er Gil an.

»Na, wie findest du's, Gil?«

»Hm?« Er sah, wie Toms Hand zum Schritt der Hose ging und das männliche Organ darin umfaßte, und starrte nach unten auf den glitschigen, gefliesten Boden, um dem festen Blick des Mackers auszuweichen. »Finde ich was?«

»Du weißt verdammt gut, was?«

»Ich – ich weiß nicht.« Gils Kopf senkte sich, und die Locke fiel ihm in die Stirn, was den Anschein jungenhafter Unschuld noch verstärkte. »Laß mich in Ruhe, Tom.«

»Schon mal 'n Schwanz gelutscht?«

»Nein.«

»Willst du ins Leichtathletikteam? Willst du ‘n Titel in Hampton gewinnen?«

»Klar, aber –« Gil, in dessen Eingeweiden Angst und Faszination aufloderten, holte tief Luft. »Ich bin ‘n guter Sprinter. Der Trainer hat gesagt, ich würd's ohne weiteres in die Mannschaft schaffen, wenn –«

»Wenn das Team sein Okay gibt, stimmt's?« Tom bleckte amüsiert grinsend die Zähne. »Ich bin ein Champion und Mannschaftskapitän, also stimmt die Mannschaft so wie ich.«

»Ich sag dem Trainer, was du von mir verlangst!«

»Blödsinn! Rusty – der Trainer – kriegt dich beim Arsch und schmeißt dich raus, wenn ich ihm ein Wort sage!« Tom lächelte noch immer, als er sich erneut zwischen die Beine faßte. »Wenn du ins Team kommen und vielleicht einen Titel gewinnen willst, mach besser, was ich sage.«

»Und – und wenn ich's nicht mache?«

»Willst du's herausfinden?« frotzelte Tom. »Du hast hier im Championzimmer gar nichts verloren. Ich könnte dich verpfeifen ... oder, was, wenn einer der Jungs dich hier erwischen würde –« Er bemerkte Gils erschreckten Blick zur Tür. »Keine Sorge. Da draußen steht Dutch Schmiere. Wenn nicht, könnten die Jungs hier reinstürmen und dir den Arsch versohlen. Schon mal nackig mit ‘nem Paddle vermöbelt worden, Kumpel?«

»Nein.«

»Da bist du wochenlang grün und blau. Jedesmal, wenn du dich im Umkleideraum ausziehen würdest, würden die anderen wissen, was dir passiert ist.« Selbstsicher schälte er sich aus dem T–Shirt. Sein schlanker, braungebrannter Oberkörper schimmerte in dem sanften Licht. An seinen Schultern und Armen zeichneten sich männliche Muskeln ab, und die schroffen Rundungen seiner Brust waren mit einer Matte goldblonder Haare bedeckt, die nach unten zu seiner tiefhängenden Hose verlief. »Du kennst doch Dutch, stimmt's?«

»Ja.« Gil atmete schneller bei dem Gedanken an den stämmigen, dunkelhäutigen Studenten, der seinen Titel im Kugelstoßen gewonnen hatte. »Der – der ist 'n starker Bursche.«

»Stark in jeder Hinsicht, Kollege.« Tom trat mit vor Spannung verkniffenem Gesicht und heiserem Atem vor den verzweifelten Jungen. Mit beiden Händen packte er Gil vorne am Hemd. »Willst du, daß er reinkommt und dir den Hintern versohlt?«

»Nein ... nein ...« Gil erschauerte, als Tom die Knöpfe an seinem Hemd aufriß. »Ich weiß nicht ... bitte, nicht ...«

»Scheiße!« Tom legte beide Hände auf Gils nackte Brust und sah mit blitzenden Augen zu, als seine Finger die samtweichen Rundungen streichelten. »Du kümmerst dich um mich – und die Jungs – und wir sorgen dann schon für dich. Okay?«

»Ehrlich, Tom.« Gil druckste herum. »Ich hab noch nie –«

Tom packte Gils kleine, spitze Brustwarzen zwischen Daumen und Zeigefinger und zwirbelte sie hart. Gil wimmerte vor Schmerz.

»Schon besser!« Tom stieß die Hand in den muskulösen Bauch des Jungen und fuhr ihm in Hose und Slip. »Her mit den Klöten!«

Gil stand hilflos da, während Toms Finger sich in die Drahthaare zwischen seinen Beinen grub, vorbei an der warmen Fleischröhre, um sich um die schweren Eier zu schließen.

»Aaauuu! Nicht Tom. Nicht!«

»Gefällt dir wohl nicht, hm?« Mit der freien Hand packte

er Gil bei den Haaren und riß ihm den Kopf hoch. »Ich werd an deinen Eiern rumspielen, wann immer ich will, ist das klar?«

Gil wehrte sich winselnd. Dann ließ er besiegt die Schultern sinken.

»Okay ... okay ... Tom.«

»Schon besser.« Tom zog die Hand aus Gils Hose zurück. Er runzelte die Stirn und blickte finster, als wolle er seine wahren Gedanken verbergen. »Und jetzt zieh dich aus, verdammt noch mal! Ich will, deinen Blanken sehen, wenn du's mir besorgst!«

»Ja ... okay ...«

Gil bewegte sich langsam, zog das Hemd aus, zögerte, wandte sich dann ab und beugte sich nach vorn, um seinen Schlitz zu öffnen und Hose und Slip hinunterzuschieben. Die schmalen elfenbeinweißen Hügel seines Hinterns leuchteten auf, und Tom leckte sich gierig die dünnen Lippen.

Automatisch schnickte Gil seine Kleider ab und richtete sich splitternackt vor Tom auf, ohne ihn anzublicken. Sein Oberkörper wurde von den breiten Schultern zur festen Hüfte hin schmaler. Sein Schwanz wurde größer, nicht steif, aber auch nicht schlaff.

»Her mit den Eiern.« Tom streckte eine Hand aus mit der Handfläche nach oben. »Leg sie da rein.«

Mechanisch trat Gil näher, so daß seine Hoden auf Toms Fingern lagen.

»Ja ... ja, Sir.«

Tom beobachtete, wie sich seine Finger um die großen, glitschigen Kugeln schlossen, um sie zu bearbeiten. Plötzlich fiel er vor dem zitternden Jungen auf die Knie.

»So macht man das, Gil!«

Er beugte sich vor, senkte seine Lippen auf die schlüpfrige Eichel von Gils

Schwengel und saugte sie in den Mund.

Gil fuhr zusammen, beugte sich nach hinten und stieß mit den Hüften zu, als die heiße Zunge sein Fleisch kitzelte. Plötzlich schnappte er nach Luft, als ihm ein stechender Schmerz durch die eng umschlossenen Eier fuhr.

»Tom, nicht ... nicht!«

Der Schmerz ließ nach, aber die Finger hielten weiterhin fest. Dann kehrte Toms freie Hand zwischen Gils Beine zurück, streichelten die glatte, feste Haut und gingen dann aufwärts, um sich auf den muskulösen Arsch zu legen und die enge Spalte zwischen den schlanken Backen nachzuzeichnen. Langsam und zielbewußt stießen die Finger in die angespannte Gasse vor und wühlten sich tief hinein, bis sie die verborgene Öffnung gefunden hatten.

Gil stöhnte unterwürfig auf und beugte den Körper, während die gierigen Lippen seinen Schwanz peinigten, die bedrohliche Faust seine Eier umschlossen hielt und die Fingerspitzen sich in sein Arschloch bohrten.

»Ich – ich mach's, Tom.«

»Jawoll!« Er wich zurück, die Hände blieben an Ort und Stelle, und grinste beim Anblick von Gils spucketriefendem Schwanz. »Alles, was ich sage, Kleiner?«

»Okay.«

Tom ließ den Jungen los und stand auf. »Okay, dann versuch mal, mein Ding runterzuschlucken!«

Gil starrte auf seine Hände, sah, wie sie sich hoben und vorne an Toms Trainingshose mit steifen Fingern zusammentrafen. Er fand die Kordel und zog sie auf. Das Kleidungsstück rutschte nach unten und gab den bleichen, flachen, nackten Bauch darunter frei. Benommen drückte er die

Hose nach unten, und Toms Latte sprang heraus, lang, mit dünnem Schaft und einer massiven, pilzförmigen Eichel, die wie eine stumpfe Lanze nach ihm zielte.

»Auf die Knie, Kumpel.«

Gil sank tiefer und spürte die glatten, kühlen Fliesen unter den Knien. Toms mächtiger Schwanz, unter dem dicht angezogen die vollen, schweren Hoden hingen, stieß gegen sein Gesicht vor.

»Schau dir's genau an, Gil.« Tom stieß mit den Hüften vor, und die spitze Säule hüpfte bedrohlich. »Du wirst jetzt nett zu dem Hammer da sein, klar? Du wirst ihn lecken und lutschen und ihn dir bis zum Anschlag in die Kehle schieben, klar?«

Gil atmete langsam aus. »Ja ... Sir.«

»An die Arbeit«, befahl Tom kalt. »Runter damit!«

Gil sah, wie Toms Finger sich um die Wurzel des Kolbens schlossen und ihn vor sich hinhielten. Der schloß die Augen und berührte die harte Spitze mit den Lippen. Sie war feucht und klebrig, und das Feuchte zog sich über seine Lippen. Er erbebte beim Gedanken, dem nackten Leib Toms so nahe zu sein, und vom würzigen Geruch seiner Männlichkeit. Dann öffnete er den Mund.

»Mach zu!« zischte Tom und warf sich nach vorn. »Leck mir den Schwengel, du Schwanzlutscher!«

Würgend versuchte Gil, zurückzuweichen, aber Tom packte ihn im Nacken und zwang ihn tiefer auf den starren Mast.

»Jetzt nimm mal schön den Mund voll!« Den jungen Sprinter wehrlos zwischen den kräftigen Schenkeln haltend, kreiste er langsam in den Hüften. »Ich bring dir schon bei, wie du den Schwengel von 'nem Champion zu lecken hast, Kumpel ... und eines Tages bringst du's vielleicht genau hier im Championraum 'nem anderen Macker bei.«

Tom stand still und blickte hinab auf das braungebrannte, jungenhafte Gesicht, daß zwischen seinen Beinen steckte. Er grinste, als er sah, daß Gils Hand sich schwach hob, um sich an seinen nackten Beinen und Hüften festzuhalten. Tief Atem holend lockerte er den Griff an seinem knienden Opfer. Sein Lächeln wurde breiter, als Gil nicht versuchte, zurückzuweichen.

»Verdammt gut, Gil!« Er entspannte sich ein weing und strich dem Jungen durch die zerzausten Haare. Seine Stimme war ruhig und beinahe zärtlich. »Die meisten Jungs im Team kümmern sich so umeinander, wie du und ich es heute gerade angefangen haben. Sieht aus, als würd'st du zur Mannschaft gehören, Kleiner.« Er spürte die Zunge an seinem erregten Schwanz schlabbern und machte sich kichernd frei. »Hey, mach mal langsam.«

»Jesses!« Gil sank auf seine Knöchel zurück und schaute mit strahlendem, aufgeregtem Blick auf. »Meinst zu wirklich? Du wirst Rusty bitten, mich im Läuferteam aufzustellen?«

»Genau.« Er schaute Gil unverhohlen belustigt an, das jungenhafte Gesicht und die eifrige Miene, den knackigen, muskulösen nackten Leib, den kräftigen, prallen Schwanz. »Turnt dich wohl an, 'nem Kerl einen zu blasen, hm?«

»Mann, ich wußte nicht, daß es so ist wie–« Er senkte unvermittelt den Blick. »Ich dachte, es wäre eklig, 'nen Schwanz in den Mund zu nehmen. War's aber gar nicht. Es war – weißt du–«

»Und ob ich's weiß.« murmelte Tom aufrichtig. Er streichelte Gils Haar erneut. »Ich hab echt fast abgespritzt, als du's gemacht hast, Kumpel.«

»Wie ist das?« fragte Gil mit offenherziger Unschuld. »Wie ist's, wenn 'n Kerl abspritzt, wenn man's ihm macht?«

»Gottverdammich!« herrschte Tom ihn plötzlich genervt an. »Ich sollte dir's zeigen! Ich sollte dir den Schwengel in den Hals rammen und losficken und bumsen und dich das heiße Sperma schlucken lassen, wie–« Er beruhigte sich und fing wieder an, zu grinsen. »Willst du's rausfinden, Gil?«

»Ich werd's versuchen, wenn du's willst.«

»Mann ich bin nicht das einzige geile Miststück hier. Ich meine – naja, ich muß noch deinen Namen in den Trainingsplan eintragen ... und Dutch steht grade draußen ... und du brauchst noch Übung, genau so wie wenn du gegen verschiedene Kerle läufst ...« Er wandte sich ab. »Dutch, komm rein und zieh dich aus!«

Dutch kam herein und betrachtete ohne Verwunderung die beiden nackten, erregten Jungen. Er war dunkelhaarig und sah auf derbe Weise gut aus. Seine Khakiuniform schmiegte sich an die kraftvollen Rundungen seiner muskelbepackten Figur.

Tom schaute dabei zu, als er sein Hemd aufknöpfte, dann machte er auf dem Absatz kehrt und ging schnell zu der Toilette am Ende des Raums. Sein Schwanz wurde bereits schlaff, und er stellte sich an das Pißbecken und ließ ihn frei baumeln, während er pinkelte.

»Fang mit meinen Eiern an!« hörte er im anderen Raum Dutch knurren. »Lutsch ihn 'n bißchen, und dann wird abgespritzt!«

»Klar, Dutch ... klar!«

Tom zuckte die Achseln und drehte einen der Duschhähne auf.

Das kalte Wasser peitschte seinen nackten Leib, und er wusch sich hastig, dann nahm er ein Handtuch und trocknete sich ab, während er zurück in den Championraum wanderte.

Dutch war ausgezogen, und sein braungebrannter, bulliger Körper schimmerte im fahlen Licht; sein praller Schwanz war etwa so lang wie Toms, hatte aber eine kleinere Eichel und einen dickeren Schaft, und vor ihm kauerte Gil mit dem Gesicht zwischen seinen Beinen und leckte ihm die Eier.

»Geiles Miststück!« brummelte Tom grinsend zu Dutch. »Ich dachte mir, daß du drauf abfährst, es mit Gil zu treiben.«

»Bleib da, Kumpel«, murmelte Dutch. »Wir könnten doch zu dritt –«

»Scheiße«, knurrte Tom. »Ich hab noch was anderes vor.« Er knotete sich das Handtuch um die schlanken Hüften und ging in Richtung Tür. »Macht sauber, bevor ihr abhaut ... und legt mein Zeug in meinen Spind, verflucht!«

Er ging hinaus in den Umkleideraum der Sporthalle, blieb stehen, um tief Atem zu holen und griff unter sein Handtuch, um seinen schweren Schwanz und die Eier zu befummeln; dann schlenderte er zum Büro des Trainers am anderen Ende des Flurs.

Vor der Tür zu Rustys Büro blieb er wieder stehen, nahm eine Mackerhaltung ein und trat ein, ohne anzuklopfen.

»Wie läuft's Rusty?«

»Mach die Scheißtür zu«, befahl der Trainer rüde und ließ sich in seinen Stuhl hinter dem Schreibtisch fallen. Er war Ende dreißig, hatte rostrotes Haar und war nackt bis zur Hüfte. Er strich sich über die breite, braungebrannte Brust, während er den handtuchbekleideten Jungen musterte. »Na, was geht in deinem Schwachkopf vor?«

»Gil ist bereit für die Mannschaft.«

»Sagt wer? Ich bin der Trainer, nicht du, Arschloch!«

»Klar.« Großspurig schwang Tom sich über den Schreibtisch und setzte sich mit Blick auf Rusty darauf. »Gil ist so weit.«

»Woher willst du das wissen?« Er warf sich im Stuhl zurück und verschränkte die Hände hinter dem Kopf, so daß die bleichen, seidigen Haare in seinen Achselhöhlen schimmerten. »Ich setz ihn auf den Plan, wenn ich verdammt noch mal dazu bereit bin.«

»Er ist 'n super Sprinter.« Tom hob einen Fuß und legte ihn absichtlich zwischen Rustys gespreizten Beinen auf den Stuhl. »Der holt seinen Titel mit Leichtigkeit.«

»Ja.«

»So wie du deinen, Wichser?«

»Vielleicht.« Grinsend arbeiteten sich seine Zehen zwischen Rustys Beinen vor. »Ich hab ihm eben gezeigt, wo's langgeht, und hab ihn meinen Schwanz probieren lassen. Dutch verpaßt ihm grade 'ne Ladung Sperma.«

»Und wie kommt's, daß du ihn nicht selber auf Vordermann gebracht hast?«

»Ich wollte meine Ladung aufsparen. Ich dachte mir, ich könnte sie vielleicht brauchen, um dich zu überzeugen, Gil ins Team zu nehmen.« Er rutschte vor Rusty vom Tisch, wobei sich sein steifer Schwengel deutlich in dem um seine Hüfte geknoteten Handtuch abzeichnete. »Hast'e Hunger, Trainer?«

Wortlos fiel Rusty mit glänzenden Augen vor dem Jungen auf die Knie. Tom stand still, die Beine gespreizt, die Hände in den Hüften, und sah zu, als die Finger des Mannes das Handtuch packten und es wegrissen. Sein heißer Schwanz sprang hervor; an der Spitze des dünnen, elfenbeinweißen Schafts glitzerte hart die massive Eichel.

»Geiles Miststück!« knurrte Rusty.

»Und ob!« Tom holte hörbar Atem. »Lutsch mein geiles Gerät! Leck mir die geilen Eier!«

Mit starrem Blick auf den zuckenden Bolzen legte Rusty

die Hände auf Toms sonnengebräunte Hüften und schob sie höher, wobei er an den bebenden Muskelsträngen unter der glatten Haut entlangfuhr. Plötzlich stieß er vor, drückte den Schwengel des Jungen beiseite und preßte die Lippen auf die ihm dargebotenen frei baumelnden Eier.

»Lutsch mir die Klöten!« befahl Tom heiser. »Zeig ihnen deine Liebe, Mann!«

Rusty liebkoste zärtlich und behutsam die glitschigen Kugeln. Dann badete er sie mit der Zunge, spreizte sie auseinander, stieß vor und fing an, sie gierig zu lecken. Ohne Vorwarnung zwängte er sich eine in den Mund und saugte daran, während er sie gleichzeitig mit der Zunge herumrollte.

Ton schnappte unter dem sinnlichen Druck nach Luft und packte den Trainer am Kopf. »Stärker, Kumpel! Nimm beide!«

Rusty nahm die Kugel zwischen die Lippen und verleibte sich flink die andere ein, wobei er spürte, wie Tom sich unter dem plötzlichen Lustschmerz wand.

»Ich schieß gleich 'n halben Liter ab, du Ficker! Los, geh ran!«

Der Trainer ließ ihn los, nachdem er noch einmal zugedrückt hatte. »Das Rumvögeln mit Gil hat dich aufgegeilt, hm?«

»Scheiße! Du weißt genau, was mich aufgeilt, du Miststück!«

»Und ob, verflucht! Gib mir den Schwengel, Freundchen!«

Tom starrte nach unten und beobachtete, wie Rustys Lippen sich über seiner Eichel öffneten. Er warf den Kopf zurück und schloß die Augen, als die feuchte Wärme seinen Bolzen einhüllte und die gesamte Länge des Schafts bis zur Wurzel in einer einzigen, langen Bewegung hinabglitt.

»Rusty ... du Dreckskerl ... verdammt!« Ein Lächeln der Befriedigung glättete seine verkrampften Züge. Er ließ die Hände auf die bulligen Schultern des Mannes gleiten, um sich abzustützen. »Jaaa ... ahhh, Mann!«

Darauf wanderten Rustys Handflächen an den Schenkeln des Jungen nach oben und legten sich fast liebevoll streichelnd wieder um seinen Arsch. Seine Lippen fuhren am Schaft von Toms Schwanz immer wieder in einem kraftvollen, stetigen Takt nach unten, und die Hände packten die festen Rundungen seines Hinterteils, während ein Finger in die Spalte zwischen ihnen glitt und sich in der schlüpfrigen Enge seines Arschlochs krümmte.

»Jesses, Kumpel! ... aaahhh ... ich–« Tom reckte sich, dann knickte er mit einem fast kindlichen Wimmern nach vorn. Zitternd lag er in der Umarmung des Mannes. Plötzlich verkrampfte sich sein Leib unter der Wucht des ersten orgastischen Spasmus. »Rusty! ... Ahhhh!«

Stöhnend gab er Schuß um Schuß flüssigen Feuers in den derb gebauten Trainer ab, der an ihn geschweißt war. Als es aufhörte, regte er sich nicht, nur sein Körper zuckte noch unter den Nachbeben seiner Explosionen.

Endlich taumelte er gegen den Schreibtisch zurück und schlug die Augen auf. Rusty kniete noch immer vor ihm, das Gesicht zwischen seine Beine gepreßt, die Arme um ihn geschlungen, und Toms Finger bewegten sich zu den kurzgeschorenen rotbraunen Haaren auf seinem Kopf.

»Das war toll, Rusty! Toll wie immer!«

Rusty ging sachte zurück, ließ Toms Schwanz los und fuhr mit den Händen über den strammen, massiven Oberkörper des Jungen. Eine ganze Weile starrte er auf den erschlaffenden Bolzen, der noch von Spucke glänzte, und dann holte er tief Atem.

»Meinst'e, daß Gil dir auch so gut einen blasen kann, Tom?«

»Vielleicht, wenn du ihn trainierst, wie du mich trainiert hast.«

»Okay!« Er rappelte sich auf. »Dreh dich um, Kumpel. Ich fick dich jetzt in den Arsch, und zwar nicht nur mit dem Finger. Du kannst dich am Tisch aufstützen.«

Mit einem Grunzen drehte Tom sich um, legte die Hände auf die Tischplatte und beugte sich mit gespreizten Beinen vor. Er hörte das Schaben eines Reißverschlusses, der geöffnet wurde, und die Geräusche, als Rusty die Hose abstreifte, dann, wie der Metalldeckel einer Büchse abgeschraubt wurde. Er schaute nach unten und sah den Mannschaftsplan offen auf dem Tisch ausgebreitet.

»Du bist echt 'n Mistkerl«, murmelte er und verbarg ein Grinsen, als er las, daß Gils Name bereits für die Sprints und den ersten Lauf der 400–m–Staffel darauf eingetragen war.

»Hab nie was anderes behauptet, Wichser.« Nackt und erregt fettete er seinen mächtigen, geäderten Schwanz ein, dessen Eichel mindestens so groß war wie die von Tom und die fast ohne Einbuchtung in den vollen, steifen Schaft überging. Er stellte sich hinter dem kauernden Jungen auf, und warf zum Schutz des Trainingsplans ein Handtuch über den Tisch. »Du bist vielleicht Kapitän und Champion, aber der Trainer bin immer noch ich – daß du mir das nicht vergißt!«

»Klar ... okay.«

Rusty leckte sich die Lippen beim Anblick des schmalen, blassen Arschs, der sich ihm darbot. Dann steckte er einen eingefetteten Finger in die schattige Arschspalte.

»Scheiße!« Tom biß die Zähne zusammen und spürte, wie der harte Bolzen langsam auf seine Rosette zukam. »Mach nicht zu doll, du Mistkerl!«

»Ich weiß, wie du's magst, Kleiner«, brummte Rusty und preßte seinen Finger gegen die empfindsame Sperre. Er spürte, wie die Öffnung sich verkrampfte, worauf er streichelnd sein Ziel mit Gleitcreme anfeuchtete. »Das kleine Loch da ist echt eng, hm?«

»Mach nicht zu doll«, wiederholte Tom heiser, der unter dem geilen Gefühl, als sein Schwanz wieder steif wurde, erzitterte. »Auuu–«

»Ich fahr drauf ab, wie du dein Loch engmachst, Tommy. Und du fährst drauf ab, wie ich's dehne, stimmt's?«

Tom stöhnte auf, worauf der Finger das versteckte Bullauge bearbeitete und es zwang, nachzugeben.

»Himmel, Rusty–«

»Lässt du dich auch von den andern Wichsern hier ficken?«

»Nein, verflucht ... nur von dir.«

»Gefällt dir wohl, wenn du meinen Schwanz in den Arsch kriegst, hm?«

»Jesses!« Tom wimmerte, als der Finger in ihn eindrang. Er schnappte nach Luft. »Jaaa ... du Miststück!«

»Klar, genau da drauf fährst du ab – vom 'nen richtig dicken Brocken Fleisch gebumst zu werden.« Rusty fing an seinen Finger sachte zu drehen und zu krümmen, wissend, daß jede Bewegung durch die Empfindlichkeit der pulsierenden Öffnung tausendfach verstärkt wurde. »Und gleich kriegst du was, Kumpel. Meinen Schwengel ramm ich dir in den Arsch!«

»Schwanzlutscher!« Toms Atem war ein rasselndes Keuchen. Unter den wiederholten Stößen flog er nach vorn und zurück. Dann stieß ein zweiter Finger in ihn vor. »Rusty ... bring's hinter dich!«

»Ich mag's wenn du geil bist, Tommy. Ich mag's, wenn du nicht drauf warten kannst, gefickt zu werden.«

»Du Sau!«

»Wie fänd'st du's, wenn Gil dir einen blasen würd, wenn ich dich in den Arsch vögle? Oder du ihm, wenn ich ihn bumse, hm?«

»Verflucht, Rusty!« stöhnte der Junge, der unter den stetigen, erregenden Stößen in sein Arschloch erbebte. »Au – verflucht!«

»Jaaa!« Er riß die Finger heraus und brachte seinen dunklen Schwanz in Stellung. »Geile Sau!«

Tom verkrampfte sich, als er den massiven, glitschigen Mast an seinem zuckenden Arschloch spürte.

»Scheißtrainer!«

»Nimm ihn, Tommy!«

Mit zugekniffenen Augen stieß Tom beim ersten, mächtigen Eindringen einen Schmerzensschrei aus.

»Rusty!«

»Jawolll!«

Rusty wich zurück und bohrte seine mächtige Ramme zentimeterweise tiefer, bis sie bis zum Anschlag eingeführt war.

»Gottverdammich!« zischte Tom. »Mit dem Baumstamm kannst du 'nen Kerl echt aufreißen!«

»Scheiße, du solltest dich inzwischen dran gewöhnt haben.« Er legte die Hände auf den kräftigen Rücken des Jungen und massierte ihn einfühlsam. »Meinst'e, Gil kriegt'n auch so gut rein wie du?«

»Muß er wohl, wie ich dich kenne.« Tom entspannte sich ein wenig und preßte seinen Hintern gegen Rusty. »Laß mich zuschauen, wenn du ihn vögelst, hm?«

»Mann, ich vögel euch beide abwechselnd.« Rusty schloß die Arme um Tom. Sein behaarter Oberkörper lag warm und verschwitzt an Toms Rücken. »Willst'e ihm einen blasen, wenn ich ihn ficke, so wie wir's bei Dutch gemacht haben?«

»Au ja!« Er zuckte, als Rusty anfing, langsam und stetig in ihn zu pumpen. »Ich will ihn in den Hintern vögeln, wenn ich mit dir fertig bin. Ich will auf 'ner Ladung von deinem Scheißsperma in ihn reinrutschen!«

»Geht klar, Kumpel!«

»Auuu, Rusty!«

»Und hinterher fick ich dich die ganze Nacht lang durch!«

»Au ja!«

»Kannst'e drauf wetten!« Rusty wurde schneller. »Du fährst drauf ab, auf meinem Bolzen zu sitzen, Tommy?«

»Spritz ab, du Sau!«

»Dir gefällt's, mein geiles Teil im Arsch zu haben?«

»Spritz ab!«

Das Tempo steigerte sich, und Rustys Finger verkrallten sich in Toms zuckenden Oberkörper, krochen immer tiefer, bis sie den dunkelroten Schwanz und die dampfenden Eier des Jungen fanden. Tom verspannte sich instinktiv, und der Trainer schnappte bei dem Gefühl nach Luft.

»So ist's richtig! Quetsch mir den Schwanz ein!« Er wechselte die Stellung, plazierte die Füße neben die von Tom und rammelte seinen zuckenden Hintern erbarmungslos.

»Rusty!« stöhnte Tom, als er spürte, wie die Arme ihren Druck verstärkten und ihn bei jedem Stoß zurückzogen. »Wichs mich ab, Mann!«

»Sau!« Rustys Stimme war heiser vor Erregung. Er packte Toms Bolzen und pumpte ihn heftig. »Verdammte, geile Sau!«

Der Junge spürte die erste Welle von Krämpfen. Mit verzerrtem Gesicht warf er den Kopf zurück. »Jaaa ... Rusty ... mehr ... mehr!«

»Geile Sau!«

»Fick mich, Trainer! Fick mich, du Drecksack!«

»Spürst'e das, Kleiner? Und das? Und das!«

»Jaaa, fick ...fick! ... Fick!«

»Tommy! Auuu, verflucht! Jetzt, Kumpel! Rein damit!«

Vor Leidenschaft keuchend wanden sie sich in der Glut ihres gemeinsamen Höhepunkts, stöhnend, fluchend, spritzend; Toms Sahne klatschte in Rustys gewölbte Hand; die Ladung des Trainers schoß dem Jungen in die Eingeweide.

Als alles vorbei war, blieben sie wie aneinandergeschweißt stehen. Tom öffnete entspannt die Augen und lächelte in sich hinein.

»Und trotzdem bist du 'n Mistkerl«, sagte er träumerisch.

»Und ob.« Rusty holte tief Atem. »Verdammt guter Fick, Kumpel.« Er verstärkte die Umarmung um Toms Hüfte, und seine Finger streichelten die klebrigen Genitalien des jungen Sportlers. »Wieso bist du eigentlich so heiß drauf, daß ich in Gil reinkomme?«

»Ich geh nächsten Juni ab.« Tom preßte den Arsch über dem erschlaffenden Schwanz des Mannes zusammen. »Ich denke mir, du brauchst'n Kerl, der dir's besorgt, wenn ich weg bin.«

»Schlauberger!« Er griff nach dem Handtuch auf dem Schreibtisch vor Tom und preßte es ihm an den Hintern, als er seinen erschöpften Schwanz herauszog. »Ich werd dich vermissen, Wichser, und nicht nur, wegen dem guten Sex.«

Befreit zögerte Tom, dann fuhr er herum, um den nackten Mann anzuschauen.

»Ich werd's vermissen, daß du mich Tommy nennst, wenn wir's miteinander treiben.« Urplötzlich warf er sich an Rusty und umarmte ihn fest. »Scheiße!«

»Ja.« Er hielt den blonden Jungen fest an sich und streichelte ihm den Rücken. »Hast'e Lust, heute bei mir zu übernachten?«

»Klar. Ich werd dich fertigmachen, Trainer!«
»Kannst'e gerne versuchen, Wichser!«

WELLENREITER

Also, 'n Schreiberling bin ich nicht, aber ich hab 'von gehört, daß du da so'n Buch über Sportler machst. Ne Schwuchtel bin ich auch nicht, hab aber schon so'n bißchen mit Homos rumgemacht – wenn du weißt, was ich mein.

Ich bin Surfer. Ist nicht grade 'n Beruf, weil, ich werd ja nicht bezahlt dafür. So'n paar verdammte Wichser nennen mich 'n Surfdepp, weil ich die meiste Zeit auf dem Brett steh, aber ich scheiß drauf, was die denken. Wenn's Wellen gibt, Mann, dann bin ich da!

Ohne Scheiß, mich geilt das richtig auf. Echt, es gibt nichts Tolleres, als über so 'ne Welle zu schießen und wie'n D–Zug unter 'nem Brecher durchzudonnern, der dreißig Meter hoch zu sein scheint.

Is' besser als Sex!

Naja, so ganz stimmt's nicht, weil irgendwie gehör'n Surfen und Sex für mich zusammen. Mann, ich hab schon den dicksten Ständer der Welt gekriegt, wenn ich durch so 'ne Röhre flitze und zehn beschissene Tonnen Wasser um mich rumkrachen, und da bin ich nicht der einzige, kannst'e mir glauben! Ich hab 'ne Menge Typen gesehen, die nach so 'nem Ritt 'n harten Schwengel in der Hose hatten und so geil waren, daß sie sich am hellichten Tag mitten am Strand einen runtergeholt haben.

Vielleicht ist es das, wieso die Schwuchteln so auf Surfer stehen.

Scheiße, wen kümmert's, wenn so'n Typ vom Surfen 'n Ständer hat und sich von 'nem Schwuli einen blasen läßt?

Wenn du noch ganz erledigt aus dem Wasser an den Strand kommst, mußt'e nur rüber zum Männerklo. An den besseren Stellen gibt's immer so'n Scheißhaus aus Zement, und wenn da noch kein Schwanzlutscher da ist, wenn du reinkommst, dann taucht garantiert bald einer auf.

Okay, manche Surfer tun sich 'n bißchen schwer mit der Art von Sex. Mann, 'ne Zeitlang war's angesagt, mit langen Haaren rumzurennen, Gras zu rauchen, billigen Weißwein zu saufen un' damit anzugeben, wie viele von den Schlunzen, die da rumhingen, du schon gebumst hatt'st. Die meisten von den Wichsern waren viel zu bekifft zum Surfen, geschweige zum Bumsen.

Also ich, wenn ich vom Wellenreiten geil bin, dann will ich abspritzen, verdammt! Also mach ich mich rüber zur Pißrinne un' zeig mein Steifen un' wart drauf, daß so'n Schwanzlutscher kommt un' ihn mir leckt.

Versteh mich nicht falsch – 'ne Schwuchtel bin ich nicht!

Nee, Sir! So was würd ich garantiert nicht an 'ner Stelle machen, wo 'n kleines Kind reinkommen un' was sehen könnt!

Andererseits – also, ich hab keine Probleme, 'ne Schwuchtel aufzureißen. Schätze, ich hab Glück, weil, ich seh irgendwie jung aus und bin gebaut, wie's 'n Surfer sein soll. Hank – er is' mein Kumpel, un' wir surfen seit Jahren zusammen – der sagt, er dachte, ich wär fünfzehn oder sechzehn, als er mich zum erstenmal gesehen hat, un' dabei war ich achtzehn oder neunzehn ... du weißt schon, voll ausgewachsen un' alles. Außerdem bin ich blond un' werd echt schnell braun, un' vom Surfen un' allem hab ich starke Schultern un' Arme, un' der Rest von mir ist echt schlank. Tja, das ist die Art von Verpackung, auf die die Schwuchteln abfahr'n!

Meine Eltern sind in ‘ne Küstenstadt in Südkalifornien gezogen, als ich noch klein war, un’ beim erstenmal, wo ich auf’m Surfbrett stand, wußt ich, das ist mein Ding. Scheiße, ich war gar nicht mehr aus ‘m Wasser rauszubringen, als ich klein war! Echt jeden Tag bin ich runtergerannt un’ hab rumgepaddelt un’ versucht, von den älteren Typen zu lernen. ‘Türlich hab ich später Ärger gekriegt, weil ich die Schule geschwänzt hab, aber das einzige, was ich in der Schule gelernt hab, war, mir nach dem Sport ein’ runterzuholen.

Mann, ich hab die ganze Zeit gewichst, vor allem nach ‘m Surfen. Wie gesagt, das hat mich immer echt scharf gemacht – du weißt schon, geil wie der Teufel.

Also, an dem einen Tag hatte ich ‘ne ganze Menge toller Ritte hinter mir, un’ meine Eier war’n auf Hochtouren, kannst’e mir glauben. Ich also rauf zum Scheißhaus, um mir ‘ne Ladung abzuwichsen, un’ als ich reinlatschte, kniete da so’n Typ un’ blies einem von den älteren Surfern einen. Ich glaub, mir sind fast die Augen aus ‘m Kopf gefallen, weil, sowas hatt ich noch nie gesehen, aber die schienen nichts dagegen zu haben, wenn ich zugucke, also blieb ich stehen. Mann, der Surfer fickte den wie wild in die Fresse, un’ als er dann abspritzte, muß er den Schwanzlutscher bald ersäuft haben! Als sie fertig waren, fragte der Macker mich, ob ich weitermachen wollte, also schob ich mir die Badehose runter.

Na, mein Schwanz ist ungefähr Durchschnitt, wenn er schlaff ist, irgendwie dick un’ weich, aber wenn ich geil bin, dann wird er echt gut steif. Ich will ja nicht angeben, aber ich kann mich auch garantiert nicht beschweren!

Egal, der Kerl schnappt sich mein’ Schwanz und stopft ‘n sich ins Maul, un’ ich hätt mein’ Batzen fast direkt abgeschossen! Mir hatte noch nie einer einen geblasen, un’ sehen wir’s wie’s ist, zwischen dem Gefühl von Fingern an deinem

Ding un' dem Gefühl von heißen, gierigen Lippen ist 'n Riesenunterschied. Ich nehm an, der wußte, daß ich furchtbar geil war, weil, der leckte 'n bißchen un' lutschte, un' dann ließ er los, damit ich nicht abspritz.

Okay, ich fuhr auf die Action fast genau so ab wie aufs Surfen, un' als ich die erste Ladung abschoß, hatt ich garantiert nicht die Absicht, damit aufzuhör'n.

Wer noch nie gesurft hat, versteht das nicht, aber der Typ, der sich vor mir einen hatt' blasen lassen, blieb stehen un' schaute zu, wie mir's besorgt wurd, un' viel später mal zog er mich auf, wie ich die Tucke zweimal hinternander in die Fresse gevögelt hab, ehe ich runterkam. Vor den andern Jungs hat er natürlich nie was gesagt, aber er wußte, wie verdammt geil Surfer werden können. Außerdem hatten wir zusammen auf den Wellen geritten, un' vielleicht kam's zum Teil daher, daß er wußte, was in mir vorging un' alles.

Die echten Surfer sind 'n ziemlich enger Haufen, wenn du weißt, was ich mein. Klar, da gibt's die Angeber, die ins Fernsehen kommen, so als typische Amerikaner, die nie im Leben den Schwanz in die Kehle von so 'ner Tucke stecken würden, aber – Scheiße, ich garantier dir, daß die's mehr als einmal gemacht haben, aber ich steh denen nahe genug, um nicht zu tratschen, wie's die Schwuchteln machen!

Ich hab mir noch ganz schön oft einen in der Latrine blasen lassen, seit dem erstenmal. Die meiste Action geht an kleineren Stränden ab, die nur die Surfer kennen, aber ich hab's auch an 'n paar von den bekanntesten getrieben. Gewöhnlich steht einer von den Jungs draußen Schmiere, damit nicht 'n Kind oder 'n Typ, der nicht weiß, was Sache ist, reinlatscht, un' jeder Kerl, der lang genug in der Surferszene rumgehangen hat, weiß, was abgeht, wenn er den Wachposten sieht. Andererseits ging ich mal aufs Klo in San

Onofre, wo wirklich was los ist am Strand, und da standen drinnen an die fünf Kerle in der Reihe, die drauf warteten, bei so ‘nem Surflutscher dranzukommen – keine Wachposten un’ nix!

Surflutscher, so nennt mein Kumpel Hank die Homos, die bei den Surfern rumhängen und scharf drauf sind, uns einen runterzuholen. Scheiße, manchmal frag ich mich, was wir tun würden, wenn wir geil sind, und kein Surflutscher in der Nähe wär.

Also, ich bin nicht andersrum, aber ich nehm an, daß Hank mir irgendwie gezeigt hat, daß das, was die Hinterlader da machen, gar nicht so übel ist.

‘Türlich wußt ich zu Anfang überhaupt nichts über die, außer daß sie Schwänze lutschen.

Na, eines Tages lag ich so am Strand, un’ da kommt so ‘n Spinner mir ‘ner Kamera vorbei. Don hieß er un’ war Werbefotograf. Er war scharf drauf, Bilder von ‘nem »typischen Surfer« zu knipsen. Scheiße, ich hatte nichts dagegen, so’n bißchen auf mei’m Brett rumzuposier’n und so’n Scheiß, un’ er quatscht dauernd, wie hübsch ich gebaut wär un’ so.

Paar Tage später kreuzt Don also wieder auf un’ will noch mehr Fotos schießen, nur daß er diesmal will, daß wir an so ‘ne Bucht gehen, wo ich nackig für ihn surfen kann. Okay, vielleicht hatt’ er gesehen, wie geil ich vom Surfen werd, aber ich war zu bescheuert, um mir zu denken, auf was er aus war. Egal, wir gingen den Strand entlang zu dieser total einsamen Stelle, un’ ich hab zum erstenmal für ihn nackt gesurft.

Mann, ich erwischte ‘n paar tolle Wellen un’ kriegte ‘n Riesenständer, un’ Dan machte seine Bilder un’ albert rum, als hätt er meine Latte nicht gesehen. Als er fertig war, wollt er mir was schenken, weil ich für ihn posiert hab, un’ ich hatt’ mir schon ‘n neues Hemd und ‘ne neue Levis holen wollen ... un’ als er sie mir gekauft hatte, gingen wir rauf zu seiner Wohnung.

Don brachte mir ‘n paar Bier un’ ließ mich duschen. Da dacht ich mir, daß er schwul ist. Er machte ‘n paar Witze, wie heiß ich vom nackten Surfen geworden wär, un’ dann sagt er, er hätt Lust, mich abzukühlen. Scheiße, ich hatt’ nichts dagegen, ihn mein’ Schwanz lutschen zu lassen, aber das war was ganz anderes als die Blasereien im Stehen, die ich in der Latrine gemacht hatt’. Ich mußt mich aufs Bett legen, un’ er verpaßte mir ‘ne echt super Massage, ehe er sich über meinen Ständer hergemacht hat.

Mann, der Mistkerl lutschte wie nur einer!

Egal, am nächsten Tag traf ich Hank am Strand. Er hatte geseh’n, wie ich abgehauen war, um für Dan zu posier’n, un’ wollt wissen, wie’s war. Ich hab ihm erzählt, ich hätt ‘n Hemd un’ ‘ne Levis gekriegt, un’ er fängt an zu lachen wie’n Irrer. »Du hätt’st Cash verlangen sollen«, sagt er. »Nächstesmal, wenn du einen aufreißt, sag ihm, daß er dir ‘n neues Brett kaufen soll oder sowas.« Es stellt sich raus, daß Hank es schon ‘n paarmal mit Don getrieben hatte. Als Don das nächstemal aufkreuzte, machte ich voll, was Hank mir gesagt hatte.

Vielleicht erzähl ich dir besser mal von Hank. Er ist fünf oder sechs Jahre älter als ich und ‘n paar Zentimeter größer un’ dunkel un’ gebaut wie’n verfluchter Panzer. Breite Schultern, echt tolle, haarige Brust, Muskeln wie verrückt un’ ‘ne Beule in der Hose – also, bis ich zum erstenmal gesehen hab, wie der zum Pinkeln den Schwengel rauszog, dachte ich, der stopft sich aus, wie’s etliche Surfer machen. Kein Scheiß, dem sein Ding paßt echt zum Rest, groß un’ fett un’ glatt. Also, ich hab ja schon keinen Kleinen, vor allem, wenn ich 'n Steifen hab, aber Hank seiner ist um etliches größer, in jeder Richtung!

Außerdem fährt Hank genau so aufs Surfen ab wie ich, un' vielleicht ist das noch 'n Grund, warum wir von Anfang an gute Kumpels war'n. Also, uns macht keiner was vor, wenn wir zusammen sind.

Wie damals, als er beschlossen hatte, mal woanders hinzugehen un' die Wellen in Baja auszuprobieren. Er sagte, ich soll mitkommen, un' wir packten seinen Kombi un' fuhr'n los, ohne irgend jemand was zu sagen. Typisch Hank. An einem Morgen wacht er dann auf un' sagt, es ist Zeit abzuhau'n, un' weg sind wir. Scheiß drauf, 'n Surfer braucht nichts als sein Brett, 'n Schlafsack un' genügend Kohle für Sprit un' Essen.

Der Baja–Trip wer echt spitze. Wir fuhren immer weiter, bis wir an den Strand da kamen, der ganz einsam war, un' die Wellen war'n so gut wie perfekt. Scheiße, ruck zuck hatten wir ausgepackt, uns umgezogen un' surften als gäb's kein morgen. Mann, war das geil!

Also, in der ersten Nacht, wo wir am Strand campten, da wurd's 'n bißchen kalt, un' da legten wir die Schlafsäcke zusammen, als es ans Pennen ging. Ich kann mich noch erinnern, daß ich da neben Hank lag, un' im Himmel die Sterne betrachtete un' auf die Brecher hörte un' mit Hank zusammen einen rauchte und drüber quatschte, wie toll der Tag gewesen war, un' dann – also, wir war'n beide verdammt geil. Weißt'e?

Verflucht, ich weiß nicht mehr, wer von uns zuerst mit Wichsen angefangen hat, aber er hat einfach rübergegriffen un' mir an die Latte gefaßt un' sie mir aus der Hand gepumpt.

Naja, hab ich halt das gleiche bei ihm gemacht.

Mann, ich hatt'n ja schon schlaff gesehen, wenn er gepinkelt hat, aber ich hätt nie gedacht, daß er so'n riesigen Ständer kriegt!

Also, ich kriegte kaum die Finger um den Hammer rum, un' die Eichel erst – Mann, die steckte da oben dran, verflucht groß un' glatt ... weist'e?

Hank hatte's nicht eilig, un' er machte immer wieder 'ne Pause un' spielte mit meinen Eiern oder so. Ich machte das gleiche bei ihm, un' dabei kriegte er Eier wie Walnüsse, kannst'e mir glauben!

Am Ende hab'n wir uns richtig angestrengt, hab'n so nebeneinander gelegen un' uns angeschaut, un' zum Schluß ham' wer uns mit unserer Soße vollgespritzt. Bei mir geht's einfach los, aber Hank kommt's echt langsam, 'n Schuß un' noch einer un' noch einer, bis ich in dem Zeug richtiggehend schwimm.

Naja, danach sind wir einfach umärmelt eingeschlafen, un' ich schwör, daß ich in der Nacht mit am besten in mei'm Leben geschlafen hab.

Scheiße, Baja war'n echter Trip, nackig surfen, rumquatschen, uns gegenseitig abwichsen, zusammen schlafen, nur daß wir am Ende wieder zurück nach Norden mußten, weil uns die Kohle ausging.

Un' da hatte Hank 'ne tollen Idee. Er dachte sich, ich könnt 'ne Menge Punkte machen, wenn ich's ausnutzen würd, daß ich so jung aussehe. Ich mußte mir nur das Fell von der Brust kratzen un' die Haare 'n bißchen anders kämmen. Mann, das funktionierte wie'n Zauberspruch!

Ich hatte immer meine ganz kurz abgeschnittenen Levis an, bei denen die Spitze von mei'm Schwanz rausguckt, wenn ich mich hinsetze, un' ich hab mich oben am Highway hingestellt, in der Nähe von da, wo wir surften, un' den Daumen zum Trampen rausgestreckt. Wenn mich 'n Kerl mitgenommen hat, hab ich mich hingesetzt un' die Beine breitgemacht, damit meine Eichel 'n bißchen rausguckt, un' ich jammer und heul rum, daß mein Surfbrett am Arsch ist, un' daß ich 'n neues brauch. In neun von zehn Fällen hat der Typ angeboten, was dazuzugeben, wenn ich 'n an mei'm Schwanz lutschen laß.

Tja, hat wunderbar geklappt bei den verfluchten Tucken.

Un' 'n paar Spinner hab ich auch getroffen. Ralph zum Beispiel. War'n älterer Typ, un' der hat mich nach'm Surfen mit zu sich genommen, in 'nem gottverdammten Rolls Royce! Kein Scheiß! Ich hab total verschwitzt und verklebt auf den feinen Ledersitzen gesessen, aber das hat dem nichts ausgemacht. Beim erstenmal war ich echt platt, weil, ich dachte, der will, daß ich vorher unter die Dusche geh, aber der war nur scharf drauf, mir das Salz un' den Schweiß mit der Zunge abzulecken. Tja, genau das hat er gemacht, un' ich mein, der Homo hat überall geleckt – Achseln un' Brustwarzen un' Bauchnabel un' Gehänge ... sogar in mei'm Hintern! Mich hatt' noch nie 'n Typ am Arschloch geleckt, un' das hat mich so aufgegeilt, daß ich den armen Ralph bald ersäuft hätt, als er mir einen gelutscht hat!

Ich hab Hank danach gefragt, un' der meint, daß das Arschloch von 'nem Typ echt empfindlich ist, genau wie sein Schwanz, un' daß es deswegen, 'n guter Anfang sein kann, wenn man den Arsch geleckt kriegt, ehe man sich ein' blasen läßt. Scheiße, mir tun die Kerle echt leid, die's noch nie ausprobiert hab'n!

Noch so einer, der mich am liebsten ganz salzig un' verschwitzt hatte, war Phil, nur daß der mich immer baden wollt. Ehrlich, der hat die Wanne vollaufen lassen un' mir gleich im Wasser einen geblasen. Jesses, ich hab keine Ahnung, wie der das gemacht hat, ohne zu ersaufen!

Hank un' ich ließen uns noch was anderes einfallen, das gut funktioniert hat. Ich angel mir so'n Schwanzlutscher un' bring ihn dahin, wo wir grade wohnen, un' wenn er anfängt, an mei'm Teil zu lutschen, stürmt Hank rein un' brüllt rum, daß ich sein Bruder un' erst sechzehn wär, un' der Typ sollte besser was springen lassen. Ja, das hat echt gut hingehauen, sogar das einemal, als Hank Mist gebaut un' gesagt hat, ich wär erst dreizehn! Sogar mit meiner rasierten Brust hab ich auf kein' Fall wie dreizehn ausgesehen, wenn ich 'n Ständer gekriegt hab!

Na, wir arbeiteten uns so die Küste rauf, zogen weiter, wenn's uns danach war, un' surften wie's uns gefiel. Als wir nach Malibu kamen, hat Hank diese Schwuchtel aufgetrieben, die wollte, daß wir für sie und ihre Kumpels 'ne Show abziehen. Im Spielzimmer von sei'm Haus war da so ne kleine Bühne aufgebaut, un' wir sollten so tun, als wär'n wir zwei geile Surfer, die's miteinander treiben, un' dabei wollten der Homo und seine Freunde von draußen im Dunkeln zugucken.

Am Abend vor der Show hab'n Hank un' ich bei mir geübt, un' irgendwie war's witzig, so zu tun, als wär ich 'n dummer Junge, un' sich auszuzieh'n, als hätten wir uns noch nie nackig geseh'n. Am Ende sagt Hank, wir müßten uns die Schwänze lutschen, damit's echt aussieht. Ich hab auf der Bettkante gesessen, un' er kam rüber und hat sich zwischen meine Beine gekniet. Un' ruck zuck hat er meinen ganzen steifen Schwengel in den Mund genommen un' – Scheiße, fast hätt ich direkt abgespritzt!

Na, un' dann stand er auf un hat mir sein' gigantischen Hammer direkt vors Gesicht gehalten. Eh ich mich versah, hatt' ich den Bolzen im Maul. Jesses, ich bin fast erstickt, aber Hank hat mich üben lassen, bis ich ihn genau so schlucken konnt wie er meinen.

Am nächsten Abend zogen wir unsere Show ab, und da passiertes was ganz Komisches. Wir hatten geplant, daß ich am Schluß auf'm Fußboden auf'm Rücken lieg, un' wir uns gegenseitig einen blasen, aber ihn dann rechtzeitig rausziehen, damit die Kerle sehen können, wie wir unsere Ladung abspritzen. Nur daß Hank anscheinend die Kontrolle verloren hatte un' sein erster Schuß in meinem Mund gelandet ist. Er zog ihn raus, un' dann hab'n wir so feste abgespritzt, daß alle's sehen konnten. Also, ich war ja irgendwie sauer, daß ich Sperma geschluckt hatt', aber Hank machte was echt Nettes, weil, als ich fertig war mit Abspritzen, hat er den Saft abgeleckt, der von meiner Latte runtertropfte.

Mann, ist doch nichts dabei! Ich meine, wenn 'n Typ die Ladung von sei'm Kumpel runterschluckt, ist er doch nicht gleich 'ne dreckige Schwuchtel!

Scheiße, seitdem hab'n Hank uns wie oft einen geblasen, wenn wir geil war'n, un' dadurch sind wir trotzdem nicht gleich Schwulis!

Ich meine, wir sind beide Surfer, un' – weißt'e, was ich mein?

Okay, nach der Show hatten wir genug zu tun, um uns kohlemäßig für'n paar Monate mit nix als Surfen über Wasser zu halten. Einer von den Typen hieß Burt, un' aus dem Wichser bin ich nie schlau geworden!

Burt sah echt gut aus, fast wie'n Filmstar, un' er hatte so 'ne Figur wie Hank, echt knackig un' derb. Und 'n Gehänge hatte der, also wirklich 'n Gehänge! Un' der gab mir Kohle, damit ich's mit ihm mach.

Mann, der hätt Geld nehmen können, für das, was er anzubieten hatte!

Egal, Burt machte mit mir das gleiche, was Hank un' ich gemacht hatten, mit Schwanzlutschen un' allem, nur daß wir am Schluß ‘n Neunundsechziger machten. Un’ da griff er um mich rum un’ fing an, an mei’m Hintern rumzuspielen, un’ ruck, zuck rieb er an mei’m Arschloch rum. Ich fuhr echt drauf ab, un’ er macht ‘n bißchen Spucke auf sein’ Finger un’ steck’n mir direkt in’s Loch. Jesses, ich hab gezappelt und gestöhnt un’ abgespritzt als wär’s Geburtstag un’ Weihnachten zusammen!

Da gab’s noch so was Verrücktes bei Burt. Kaum hatt’ ich angefangen, loszusprudeln, als er mir den Schwengel aus dem Mund riß un’ sich mit der Hand abwichste. Es stellte sich raus, daß er echt drauf abfuhr, wenn er ‘n Typ mit’n Fingern fickt un’ sein Sperma trinkt und sich dabei einen runterholt. Außerdem hatte er genau so gern ‘n Finger im Arsch wie ich. Ungelogen, ‘n paarmal hätt’ ich ihm sogar die ganze Faust reinstecken können.

Ich erzählte Hank, was Burt gemacht hatte, un’ er sagte, ‘n Kerl hätte im Hintern so ‘ne Drüse, un’ man würd’ geil, wenn die massiert wird. Wenn wir uns danach einen runtergeholt haben, hat er mich immer so gestopft, un’ weil der Finger von Hank viel dicker ist als der von Burt, hat meine Drüse ‘n paar ganz schöne Trainingsrunden abgekriegt.

Weist’e, ich wette, ich hätt’ Burt auch mein’ Schwengel in den Arsch stecken können, wenn ich’s versucht hätte, aber da hatten Hank un’ ich schon beschlossen, wieder aufreißen zu gehen.

Na, wir waren grade droben in Rincon am Surfen, als wir Bock bekamen, nach Hawaii zu gehen. Alle reden immer vom Sunset Beach un’ der Pipeline un’ Makaha un’ allem, un’ wir wollten’s mal selber ausprobier’n. Aber dafür brauchten wir ‘ne Masse Kohle mehr, als wir hatten, un’ da machten wir ab, daß wir die Brüdernummer wieder abzieh’n würden.

Und so haben wir Glen kennengelernt, un' der stellte sich als toller Typ raus, obwohl er 'ne Schwuchtel war.

Ich checkte die Lutscher aus, die uns Surfer anmachen wollten, un' als ich am Ende Glen entdeckte, wußt ich, daß ich 'n super Fang gemacht hatte. Er war schon älter un' sah verdammt nach Geld aus, un' nach 'm langen Blick und 'm Jungenlächeln, hatte er hundertprozentig angebissen.

Also spielten Hank un' ich unser Spiel, un' als ich Glen soweit hatte, daß er an mei'm Ding nuckelte, kam Hank reingeplatzt un' zog den Quatsch ab, ich wär noch 'n gottverdammtes Kind. Also, Glen grinst einfach nur un' sagt, er hätt' nichts dagegen, zu löhnen, aber er würd noch mehr bezahlen, wenn Hank sich auch auszieht un' mitmacht!

Jesses, das war voll der Hammer, ich kriegte von Glen einen geblasen, un' Hank vögelte ihn in den Hintern! Klar, Hank un' ich hatten's schon miteinander getrieben, aber ich hatte ihn noch nie mit 'nem anderen Typ in Action gesehen, schon gar nicht so wie jetzt beim Schwanzficken. Voll eingeschmiert, mit 'nem noch dickeren Steifen wie gewöhnlich, un' da war ich un' wurd von den Eiern bis zum Hals abgeleckt, un' er machte Wellenreiten auf Glens bockendem Hintern!

Die neunte Welle! Die absolut tollste!

Na, hinterher haben wir drüber geredet, un' am Ende sind Hank un' ich 'ne Weile bei Glen eingezogen.

Also, Glen machte sich 'n Scheiß draus, solange er einen von uns blasen konnt un' von dem andern gefickt wurd. Ungelogen, er war das erste Arschloch, daß ich gebumst hab, un' ein Grund sich da dran zu erinnern, war, daß er gleichzeitig Hank einen geblasen hat.

Wie gesagt, Glen stellte sich als toller Typ raus, un' als wir ihm sagten, daß wir gerne zum Surfen nach Hawaii wollten, kam er auf die Idee, wir könnten doch alle drei hinfahren, un' er würd alles bezahlen!

Mann! Wir fuhren erster Klasse, das kannst'e mir glauben!

Aber als wir nach Honolulu kamen, machten Hank un' ich uns aus'm Staub. Also ehrlich, Glen war echt nett zu uns gewesen, aber wir wollten auf keinen Fall 'n Surflutscher dabei haben, wenn wir an die Nordseite der Insel gingen, wo die wirklichen Brecher reinkommen.

Tatsächlich war's so, daß ich 'n paar Tage später den Bus zurück nach Waikiki nahm, und da latschte Glen mit 'n paar knackigen Matrosen über die Kalakaua Street, also nehm ich an, er hat Hank un' mich nicht allzusehr vermißt.

Wir fanden so 'ne Hütte in der Nähe der Pipeline, un' gleich am ersten Tag kamen da so Riesendinger rein, daß es direkt 'n Riesenspaß machte, ehrlich! Scheiße, die rollten an un' gingen zigtausend Meter hoch, un' ich nix wie rein, un' hingehockt un' wie über Glas gezischt wie'n D–Zug!

Der beste Ritt war, als ich mich umguckte, un' da Hank hinter mir war, grinste un' geil bis zum Anschlag war, mit 'ner Latte im Hosenbein, von der das meiste aus seiner abgeschnittenen Jeans rausguckte!

Boah, Mann, das kannst'e nicht verstehen, wenn du noch nie gesurft hast, aber als es Hank so richtig vom Brett gefegt hatte, zog ich ihn aus dem Schaum, un' das erste, was ich sagte war: »Ich hab dir doch hoffentlich nicht die dicke Latte abgebrochen, Kumpel?«

Scheiße, da braucht's mehr zu, wie'n Sturz, um Hank einen abzubrechen, wenn er steif ist!

Egal, an dem ersten Abend an der Pipeline kauften Hank un' ich was zum Saufen, um den super Tag zu feiern. Irgendwie setzte's bei mir aus, als wir uns hinlegten. Ruck zuck lag ich auf der Seite un' er wichste mir 'n Schwanz un' stopfte mir die Finger ins Arschloch. Er hatte mir mit irgend so 'nem Fett den Hintern eingeschmiert, un' es fühlte sich an, wie wenn seine Finger mich ganz weitmachen würden. Un' dann stopfte er mir noch was viel größeres in den Hintern!

Mann, die geile Sau versuchte, mich mit sei'm gottverfluchten Schwengel durchzuvögeln!

Ich wurde geil wie verrückt, aber, Mann, um's Haar hätt's mich zerrissen, als er mir dir Spitze von sei'm Bolzen reinsteckte! Ich warf mich rum un' versuchte, wegzukommen, aber er hielt mich auf sei'm Hammer fest, bis ich lockerer wurd un' der Schmerz nachließ. Dann fing er an, ganz langsam weiterzumachen, vielleicht so'n Zentimeter jeweils, un' es fühlte sich an, als würd er mich mit dem heißen, glitschigen Ding richtig ausfüllen. Scheiße, ich war fix un' fertig, bis seine Haare unten an mei'm Hintern klebten, un' dann hat er die Arme um mich gelegt, um mich festzuhalten, un' gesagt, daß er mich hätt ficken wollen, seit er zum erstenmal mein' kleinen Hintern gesehen hat.

Mann, der fickte wie'n Bekloppter! Er pumpte fest un' tief rein, von der Spitze bis zum Anschlag, oder er rammelte mich ganz schnell un' hart, daß mir fast die Zähne aus'm Kopf flogen. Dann machte er 'ne Pause un' flüsterte mir ins Ohr, was für'n geilen Arsch ich hätt', un' dann legte er wieder los un' stocherte mit sei'm Riesenschwanz in mei'm Loch rum, als wollt er mir sämtliche Eingeweide durchwalken.

Verdammt, 'n dutzendmal hätt' ich beinah abgespritzt, aber Hank schien's zu merken, wann er langsamer machen mußte, daß mir die Eier wehtaten, weil sie vor Sperma bald platzten! Einmal rollte er sich auf den Rücken rum, so daß ich flach auf ihm lag, un' rieb einfach nur mit seinen Händen über meine Brust un' die Titten un' den Bauch un' sagte, was für tolle Surfkumpels wir wär'n, un' wie toll es wär, daß er jetzt endlich auf mir wellenreiten könnt'.

Un' dann hat er gleich wieder angefangen, mich durchzuvögeln!

Mann, es kam mir vor, als würden wir's stundenlang miteinander treiben, aber am Ende schmiß er mich auf den Bauch un' fickte so richtig los un' wichste mir gleichzeitig einen ab.

Ja, und dann hab'n wir abgespritzt wie verrückt, er mir in den Arsch, un' ich quer über das bescheuerte Bett!

Dann rollte er mich auf die Seite, noch mit sei'm Schwengel in mei'm Arsch un' die Arme noch um mich rumgeschlungen. Un' so sind wir eingeschlafen.

Ungelogen, ich hab die ganze Nacht mit dem verdammten Hammer im Arsch durchgepennt, un' es hat mit nicht die Bohne was ausgemacht!

Also, Hank un' ich, wir sind keine Homos! Auf kein' Fall! Wir fahr'n einfach nur irgendwie drauf ab, nach so 'nem Tag, wo wir vom Surfen so geil sind, zusammen abzuspritzen – weiter nix.

Klar hab ich Hank auch in sein' Hintern gevögelt. 'Türlich scheint er nicht so drauf zu stehen wie ich, aber ein–, zweimal hab ich ihm auch den Schwanz in den Hintern geschoben, ehrlich!

Un' Homos hab ich auch jede Menge gefickt!

Verdammt richtig, ich hab sie gefickt!

Aber da ist was zwischen Hank un' mir – also, das ist wie das einemal, als wir wieder von Hawaii in die Staaten zurück sind, un' ich die ganze Strecke bis Florida gefahr'n bin. Wir sind 'ne Weile in dem grünen Wasser rumgesurft, un' die Kohle ging uns aus, un' wir hab'n uns beide einen für die Nacht geangelt. Hank hat mir dabei geholfen, die Haare auf der Brust abzurasieren, damit ich ausseh wie'n bescheuerter Teenager, un' unter der Dusche hab'n wir uns gegenseitig im Gesicht rasiert.

Ich sitz also so auf der Bettkante, als Hank vom Klo kommt un' einfach in der Tür stehenbleibt, ganz nackig und saubergeschrubbt, un' mich echt fest anguckt, mit so 'nem geilen Ausdruck in den Augen. Dann fängt sein dicker Schwanz an, zu zucken un' größer zu werden. Scheiße, ruck zuck macht meine verdammte Latte dasselbe, un' ich weiß, daß die zwei Freier, die wir aufgerissen hab'n, noch 'ne Weile warten müssen.

Endlich kommt Hank rüber, un' sein Hammer ist voll steif und hupft so hoch un' runter. Ohne ein Wort geht er zwischen meinen Beinen auf die Knie un' legt die Hände auf meine Oberschenkel. Ganz langsam schiebt er sie mir zwischen die Beine und hebt mit den Fingern meine Eier hoch. Dann taucht er ab un' fängt an, sie zu lecken.

Der Mistkerl weiß genau, daß ich schweinegeil werd, wenn ich seh, wie er mir die Eier lutscht un' saugt und 'n bißchen drauf rumkaut, un' aus mei'm Steifen quellen wie irre die Lusttropfen!

Am Ende spuckt er mein' Sack aus un' fängt an, von unten bis oben die Unterseite von mei'm Pimmel zu lecken, un' dann leckt er den Saft auf, der von meiner Eichel tropft un' nimmt'n in den Mund und schluckt'n die Kehle runter.

Mann, inzwischen hab ich ihn an den Schultern gepackt un' stöhn un' jammer, weil's mich so aufgeilt. Nur lutschen oder sonstwas, daß ich abspritzen kann, tut er nicht.

'Ne ganze Weile bleibt er so mit mei'm geilen Schwengel drin. Dann läßt er los un' schiebt mich auf 'n Rücken un' fängt an, mir am Bauch un' an der Brust rumzuknabbern!

Hank hat das ungelogen so langsam un' irgendwie gierig

gemacht, daß ich schon dachte, ich flipp aus, un' als er mit meinen Titten dasselbe gemacht hat wie mit mei'm Sack, eine nach der andern – na, da wär's mir fast gekommen!

Un' plötzlich hat er sich über mich geschwungen, sich auf meine Brust gekniet un' mir sein' Riesenschwengel vors Gesicht gehalten, un' da war mir verdammt klar, was er wollte!

An seiner Eichel hing 'n dicker Lusttopfen, un' als ich 'n bißchen rumgeleckt un' gelutscht hatte, bin ich abgetaucht un' hab seinen Eiern dieselbe Behandlung verpaßt wie er meinen.

Mann, das war echt was! Ich lag rückwärts auf dem Bett mit den Klöten von dem Supermacker im Maul. Als ich hochgucke, glotzt er auf mich runter mit dem tollen, geilen Blick in den Augen, un' atmet schwer, un' seine Muskeln sind ganz gespannt, un' sein bescheuerter Schwanz wedelt mir Luft in die Nase.

Un' dann greift er sich, ohne den Sack aus mei'm Mund zu nehmen, die Tube Gleitcreme, die wir neben dem Bett liegen haben. Ich leg mich zurück und guck zu, wie er sich sein' Fickhammer einschmiert.

Un' mit dem Hammer hat er mir dann den Arsch durchgefickt!

Er ging zurück, bis er auf dem Boden neben dem Bett stand, legte sich meine Beine über die Schultern, setzte sein Ding an mei'm Hintern an un' –

auuu, der Drecksack rammte ihn mir rein bis zum Anschlag, un' ich lag da un' hab geflucht un' gejodelt. Dann hielt er meine Beine weit auseinander un' schob sein' Bolzen ganz langsam bei mei'm Hintern rein un' raus. Un' dann hat er mich zurückgeschubst un' ist aufs Bett geklettert un' hat mich festgehalten un' noch fester gerammelt, dann langsamer, dann mit kurzen, schnellen Stößen ... un' die ganze Zeit kam er mit dem Gesicht immer näher, mit so ‘nem verschleierten Blick, hat mich aber immer noch fest angeschaut ...

Und ‘s war so toll, wie super wir zusammengearbeitet hab’n ...

Hank lag also flach auf mir un’ nagelte mich fest un’ war ganz lieb, als er mir in den Arsch abgespritzt hat, un’ ich bin ihm voll über den Bauch gekommen ...

Un’ –

Na, irgendwie hab’n wir uns beruhigt, un’ dann hab’n wir uns wieder sauber gemacht, ehe wir uns angezogen haben, um die Freier zu treffen, die wir aufgegabelt hatten.

Also, bei den zwei Schwulis müssen wir gut angekommen sein, weil, wir kamen beide mit mehr Kohle wieder heim, als wir gedacht hatten, un’ als wir uns zusammen hinlegten, – na da hab’n wir alles noch mal gemacht, was wir schon vorher gemacht hatten.

Also, komm bei Hank un’ mir bloß nicht auf falsche Gedanken! Wir sind nicht schwul, aber manchmal ficken un’ lutschen wir halt ‘n bißchen zusammen ... nur weil wir Surfkumpel sind ... un’ wenn wir Kohle brauchen zum Rumfahren, dann ist doch nichts dabei, wenn wir so ‘ne gottverdammte Tucke uns mal einen blasen lassen oder sie durchvögeln–

Weist’e, was ich mein?

Genau wie jetzt, wo Hank un’ ich nach Australien wollen. Ich mein, da soll’s super Wellen un’ super Jungs geben, un’ genau das ist’s, auf was wir aus sind.

Un’ wenn uns ‘n paar Homos dabei helfen wollen – weist’e, was ich meine?

SCHUSSFAHRT

Der scharfe, eisige Wind schnitt Vince unter seiner Schneebrille ins Gesicht. Er verlagerte geringfügig das Gewicht und spürte, wie die Kanten seiner Skier sich in verharschten Schnee fraßen.

Im Geist zählte er die Sekunden mit, während er den Slalomkurs hinunterraste und sich gleiten ließ, um dicht zwischen den Stangen hindurchzufahren, die die sorgsam abgesteckten Tore markierten. Der Kurs fiel am Berghang stark ab, und er spürte die Beanspruchung seiner Körperbeherrschung bei jeder augenblicklich berechneten Bewegung.

Vor ihm lag das letzte Tor, bevor der Kurs am Ende hinter dem Sporthotel in einer Schleife auslief, und Vince durchquerte es mit einem plötzlichen Ziehen in den Eingeweiden.

»Mistvieh!«

Die Stangen des letzten Tores standen enger, kamen dichter zusammen und waren in einem schärferen Winkel abgesteckt.

Vince setzte hart den Skistock auf, wurde langsamer und verlor wertvolle Sekunden, als er sich in die Kurve stemmte. Er machte einen Satz und kam wieder auf, wobei er die letzte Stange schrammte, als er sich daran vorbeischlängelte. Einen Augenblick lang verlor er das Gleichgewicht.

»Schwanzlutscher!«

Er benutzte erneut den Stock, fing sich wieder und kauerte sich zu einer Schußfahrt zusammen, als er jedoch über die Ziellinie flitzte, wußte er, daß er gegen die mentale Uhr, die in seinem Hirn tickte, verloren hatte.

Mit einem Schwung kam er zum Stehen, riß sich die

Schneebrille herunter und blickte zurück zu der Kurve bei dem verflixten Tor.

Vince war Anfang zwanzig, schlank und athletisch, und sein Gesicht unter dem rabenschwarzen Haar war hübsch wie das eines Filmstars. Seine markanten männlichen Züge waren von der Sonne und vom gleißenden Schnee braungebrannt, seine dunklen Augen waren zu einem ständigen Kneifen verspannt, und seine dünnen Lippen und das Grübchen im Kinn verstärkten seine entschlossene Ausstrahlung.

Er wäre überall als Pistengigolo durchgegangen und hätte eine Menge Geld einsacken können, hätte er sich mit den wohlhabenden Schlunzen herumgetrieben, die sich an dem Gedanken aufgeilten, Skistunden bei einem spritzigen, hübschen Macker zu nehmen, der unter Umständen auch für ein paar schöne Stunden sorgen könnte, aber er war strikter Amateur. Nein, kein Amateur im Mösenficken, aber Amateur im Skilaufen und hatte vor, das auch zu bleiben, bis er eine Olympische Medaille im Slalom gewonnen hatte.

Deshalb hatte er auch den lausigen Job im Hotel angenommen, um nämlich genug zum Weitermachen zu verdienen, damit er jeden Tag Slalom fahren und trainieren konnte, und das Olympische Komitee ihn nicht als Profiläufer stoppte.

Vince beugte sich hinunter, um die Skibindung aufzumachen. Als er sich wieder aufrichtete, schwenkte sein Blick hinauf zum Starttor der Slalomstrecke.

»Stan«, murmelte er ohne Verwunderung, als er den bulligen Blonden entdeckte, der sich zur Abfahrt bereitmachte. »Hätt ich mir denken können.«

Stan war gut zehn Jahre älter als Vince, still und auf beinahe brutale Art männlich, ein ziemlicher Einzelgänger ... und ein super Skiläufer. Er verfügte nicht über Vinces

Geschmeidigkeit und Wendigkeit, aber das glich er durch Kraft und Wagemut aus.

Kein Zweifel, Stan war es gewesen, der das letzte Tor enger gestellt hatte!

Vince beobachtete, wie der Ältere startete und durch die erste Serie von Toren schoß. Dann schulterte er die Skier und ging auf den rückwärtigen Eingang des Hotels zu.

Beim Eintreten prallte ihm die unvermittelt heiß-feuchte Luft entgegen. Als er seine Skier abgestellt hatte und durch den Flur zu seinem kleinen, möblierten Zimmer trottete, schwitzte er schon am ganzen Leib.

Alleine zog er sich die schwere Kleidung aus, streckte sich kräftig und entspannte sich wieder, während er ins Bad ging. Sein Körper war braungebrannt und hatte fein modelierte Muskeln, und sein langer Oberkörper wurde von den breiten, kräftigen Schultern hin zu seinen schlanken Hüften schmal. Eine Matte aus glatten schwarzen Haaren glitzerte auf den festen Flächen seiner Brust, und er kämmte sie gedankenverloren mit den Fingern, während er die Duschtemperatur regelte und sich dann unter das rauschende Wasser duckte.

Unter langsamen Drehungen und Wendungen duschte er sich ab, um darauf nach der Seife zu greifen und sich einzuschäumen. Bald spürte er, wie sich vertraute Wärme in seinem Unterleib ausbreitete.

Wie üblich nach einem anstrengenden Tag auf der Piste liefen seine Eier auf Hochtouren.

Grinsend wanderte seine Hand zwischen seine Beine. Sein langer, schlanker Schwengel baumelte über seinen Fingern, wobei die breite, spitz zulaufende Eichel träge zuckte.

Vielleicht würde er heute abend in der Bar eine der Schneehasenschlunzen aufgabeln. Oder möglicherweise auch einen Schwanzlutscher.

Verflucht, Vince scherte sich nicht drum, wer es ihm besorgte!

Zufrieden beendete er seine Dusche, trocknete sich ab und rasierte sich flüchtig, bevor er wieder ins andere Zimmer trottete. Ohne Eile streifte er eine enge Boxershorts über, richtete sein schweres Gehänge und schlüpfte danach in eine ausgewaschene Hose und ein altes Arbeitshemd. Er wußte, daß er zwischen den Skideppen in hautengen Hosen und kuscheligen Pullovern unpassend wirken würde, aber aus Erfahrung wußte er auch, daß der Kontrast sich auszahlen würde.

Angezogen warf er einen letzten prüfenden Blick in den Spiegel, schnappte sich eine dicke Jacke, für den Fall, daß er eine Schlunze abschleppen würde, die in einer der Hütten beim Hotel wohnte, und machte sich auf den Weg zur Hauptbar.

Es war noch früh. Der schwach beleuchtete Raum war leer bis auf den Barkeeper und den großen, vierschrötigen Blonden, der auf einem der Hocker lümmelte.

»Bourbon«, sagte Vince zu dem Barkeeper und setzte sich neben den Blonden. »Du hast mir das letzte Slalomtor enger gestellt, Stan.«

»Der ganze beschissene Kurs ist viel zu einfach.«

Vince empfand eine Kombination aus Bewunderung und Unsicherheit gegenüber dem Älteren. Er wußte, daß Stan einige Meilen entfernt eine Hütte besaß und keine Geldsorgen hatte. Jedesmal, wenn sie sich unterhielten, war Stan auf beinahe brutale Weise direkt. Aber beide fuhren sie auf Slalomrennen ab, wobei Vince auf der Piste einen leichten, geschmeidigen Stil aufwies, während Stan mit voller männlicher Kraft die Piste hinunterschoß.

Der Bartender brachte Vinces Drink, und Stan nickte ihm zu, ihn mit auf seine Rechnung zu setzen.

»Danke«, bedankte sich Vince.

»Keine Ursache.«

Vince nippte an seinem Drink und blickte dabei aus dem Augenwinkel zu Stan hinüber, wobei er eine merkwürdige, fast körperliche Faszination gegenüber dem anderen Skiläufer empfand. Er sah das sonnengebleichte, blonde Haar, die kantigen, tiefgebräunten Züge, den Busch der Brusthaare unter seinem am Hals offenen Hemd und die deutlich sich abzeichnenden kräftigen Rundungen, die männliche Beule im Schritt seiner schlichten Jeans, und zwang sich, sich wieder auf sein Glas zu konzentrieren.

»Bis du schon mal bei Olympia mitgelaufen, Stan?«

»Ja, als ich noch jünger war.« Sie hatten die Olympiade bisher noch nie erwähnt, und Stans Stimme blieb ruhig und gelassen. »Aber dafür mußt du dir den Arsch aufreißen.«

»Zeigst du mir, wie die Kraftstemme bei den Toren geht?«

»Du reißt dir den Arsch auf«, wiederholte er. »Und noch mehr.«

»Okay.«

Vince wußte nicht, wieso er sich so schnell auf den blonden Mistkerl eingelassen hatte, und sie schwiegen, bis sie ihre Drinks ausgetrunken hatten.

»Mußt du morgen arbeiten, Vince?«

»Nein, ich hab ‘n paar Tage frei. Wieso?«

»Übers Wochenende hab ich ein paar Jungs zu Besuch. Komm doch mit rauf zur Hütte, dann machen wir ‘ne Party.«

Er rutschte bereits vom Barhocker, und Vince folgte ihm, während er die schwere Jacke anzog, die er mitgebracht hatte, nur für den Fall, daß–

Scheiße, er war so scharf drauf gewesen, ‘ne Nummer zu schieben, aber jetzt folgte er Stan, ohne zu fragen.

Sie traten in die kalte Nacht hinaus. Stans Geländewagen

parkte auf dem von Schnee geräumten Gelände unter dem Hotel.

Stan besaß eine große, abseits gelegene Hütte, lief Ski wie ein Millionär und fuhr ein Auto, das ebenso männlich war wie seine Erscheinung.

Schweigend fuhren sie los, Stan am Steuer, und Vince starrte in die Dunkelheit draußen.

Als sie zur Hütte kamen und hineingingen, wurde es lockerer; sie zogen die Jacken aus und wärmten sich die Hände, dann betraten sie den Hauptraum, um Stans Gäste zu begrüßen.

Das riesige Zimmer wurde von einem massiven Kamin an der einen Wand beherrscht, in dem ein Feuer prasselte. Eine Handvoll junger Männer war um ihn versammelt; sie redeten und tranken, und einige zogen sich unbekümmert die Skiklamotten aus.

»Zeit für die Dusche«, erklärte Stan. Demonstrativ stellte er Vince vor. »Das ist Vince, Jungs, der Kerl, von dem ich euch erzählt hab.«

Die Männer begrüßten ihn locker. Vince versuchte, das Kribbeln zu verbergen, das in seinen Eingeweiden rumorte. Er war in der üblichen Umkleideraumatmosphäre nicht schüchtern, aber er hatte schon immer eine ungewisse Spannung empfunden , wenn er in der Gesellschaft von nackten oder fast nackten Männer war.

Scheiße, er hätte im Hotel bleiben und sich eine Schlunze zum Ficken suchen sollen ... oder ‘n Schwanzlutscher.

Jemand drückte ihm einen Drink in die Hand, und er trank ihn aus, wobei er versuchte, nicht auf die nackten, vom Feuer beleuchteten Oberkörper zu starren.

Einer der Männer war ganz nackt und trocknete sich noch von der Dusche ab. Er hieß Tony, schwarzhaarig wie Vince, klein und knackig, dicke Muskeln vom Arbeiten, die sich unter seiner bronzefarbenen Haut spannten und regten. Sein massiver Schwengel pendelte offen zwischen seinen stämmigen Oberschenkeln.

Vielleicht hatte Tony gar nicht so ‘n großes Gehänge. Vielleicht wirkte sein Schwanz nur so groß, weil er nicht besonders hoch gewachsen war. Vielleicht –

Stan gab Vince einen frischen Drink in die Hand und ging zum Duschen.

Vince quatschte mit den Jungs übers Skilaufen und schnickte Schuhe und Socken von sich, im Verlangen, ihre lockere, männliche Kameraderie zu teilen.

Einige von ihnen hatten sich nach der Dusche eine Unterhose angezogen, aber ein paar von ihnen waren genau so nacktärschig wie Tony.

Keiner kümmerte sich drum. Von Flammen angestrahlte Macker, die sich in einem riesigen, von Schatten durchzogenen Raum der abgelegenen Hütte herumlümmelten.

Vince trank aus und war jetzt richtig froh, daß er nicht im Hotel geblieben war ... abgesehen von der starken Spannung in seinen geilen Eiern.

Stan kam zurück in einer glatten, schwarzen Hose und einem dunklen Hemd, unter dem sich die Kurven seiner breiten Brust abzeichneten, und aus dem goldene Haare hervorquollen.

»Alles klar, Vince?«

»Ja ... und ob.«

»Willst du immer noch, daß ich dich für den Slalom trainiere, damit du’s in die Olympiamannschaft schaffst?«

»Aber sicher.«

»Dann wirst du machen, was ich sage, und zwar alles.« Stan nickte den anderen abrupt zu. »Na, dann los, Jungs!«

»Hey!« Vince wehrte sich erfolglos, als die Männer ihn packten und ihm die Arme im Rücken festhielten. Er spürte, wie schwere Handschellen sich um seine Gelenke legten und sie zusammenschlossen. »Was zum –«

»Und zwar alles«, wiederholte Stan kühl und musterte ihn aus der Entfernung. »Checkt ihn durch!«

Die eifrigen Skiläufer scharten sich um Vince. Ihre Hände streiften über seinen wehrlosen Leib, untersuchten die festen Spitzen seiner Brustwarzen, die unter seinem engen Hemd hervorstachen, die Wellen seiner festen Muskeln, die Kurven und Vertiefungen seines Oberkörpers, seine kräftigen Arme und Beine, die dicke Beule im Schritt.

Hinter ihm preßte sich ein schwerer, fetter Schwanz in seine gefesselten Hände. Irgendwie wußte Vince, daß es sich um Tonys breiten Hammer handelte. Er zuckte und wurde unter seinem Griff steif. Er wollte die Finger wegziehen, aber er konnte nicht.

»Ihr Schweine!« zischte er und kämpfte gegen die unerwartete sexuelle Erregung an, die in ihm aufstieg. »Laßt mich los!«

Jemand knöpfte ihm das Hemd auf. Kräftige Finger tauchten unter den Stoff und rissen ihn an der Vorderseite bis nach unten auseinander. Vince warf den Kopf zurück und schloß die Augen. Seine Peiniger zerfetzten methodisch sein Hemd und entblößten ihn bis zur Hüfte.

Die Hände strichen über seine nackte Brust und den Rücken abwärts.

Er wurde fest an Ort und Stelle gehalten.

Ebenso zielsicher wie beim Hemd zerrten ihm die Männer die Hose herunter und danach die Unterhose. Er spürte, wie sein gottverdammter Ständer frei pendelte.

»Mann, der Junge hat echt was zu bieten!«

»Willst'e mal ran an das Gerät?« fragte Stan, der immer noch entspannt und ruhig zuschaute.

»Klar doch!«

»Na dann los. Zeig Vince, wie man's macht, Kumpel.«

»Und ob!«

Wie hypnotisiert sah Vince den stämmigen jungen Mann auf die Knie sinken, sich vorbeugen und die Latte des Wehrlosen zärtlich und verführerisch betasten. Die anderen zwangen ihn, reglos dazustehen und auf seinen heißen Schwengel zu starren. Vince fragte sich benommen, wie sie wohl nackt und geil ausschauen würden.

Tonys Lippen liebkosten die glühende Säule, zeichneten die pulsierenden Adern und den harten unteren Strang nach, hoben ihn an, um an den kochenden Klöten zu schnüffeln, und krochen wieder aufwärts, um sich um die schlüpfrige Eichel zu schließen.

»Schwanzlutscher!« heulte Vince gequält auf. »Schluck ihn, du Sau!«

Es scherte ihn nicht, wer zuschaute oder sonstwas!

Er wollte abspritzen, sich die Eier abkühlen. Tony machte es so langsam, daß er glaubte, ihm würde das gottverdammte Hirn platzen, bevor er abgespritzt hätte!

Vielleicht waren es nur Sekunden, vielleicht dauerte es auch eine Ewigkeit, aber Vince erlebte es wie nie zuvor, die Hände auf den Rücken gefesselt, von nackten Männern festgehalten, von Stan ausdruckslos beobachtet, und dann noch Tony, der schlabberte und saugte und seinen schmerzhaft steifen Schwanz bis zu den Eiern schluckte, bis –

»Arrgghh!« Er schoß seine verdammte Ladung ab!

Zappelnd und stoßend ließ er sein Sperma in Tonys Kehle rauschen, dann wurde er schließlich ruhiger. Als der knackige Kerl seinen trockengelegten, immer noch steifen

Schwengel freigab, ließen die Männer ihn auf die Knie sinken.

Vince hing einfach da, erholte sich langsam und kam wieder zu Atem. Dann packte ihn jemand von hinten an den Haaren und hob seinen Kopf an.

Vor ihm im flackernden Kaminfeuer stand Stan, blond und schwarzgekleidet.

»Schon mal 'n Schwanz gelutscht, Vince?«

»Nein.«

»Schon mal in 'n Arsch gefickt worden?«

»Nein, verdammt!«

»Dann erlebst du's gleich.«

Stan riß sich die Hose vorne auf und griff hinein. Ungläubig und benommen starrte Vince auf den Monsterschwanz, den er hervorholte. Die fette Säule krümmte sich unter der dichten Matte aus feinem, hellem Schamhaar und war schlaff genau so dick und lang wie die von Vince, wenn sie steif war. An der Spitze lugte ein riesiger, dunkelroter Knoten aus einer dicken Schicht Vorhaut. Wortlos packte Stan an der Wurzel zu und stieß Vince das Ungeheuer ins Gesicht.

»Ich bin kein Schwanzlutscher, du Schwein!« knurrte Vince, biß die Zähne zusammen und schloß die Augen.

Eine Hand legte sich auf seine Nase und schnitt ihm die Luft ab. Eine Handfläche schloß sich um sein Kinn, Daumen und Zeigefinger gruben sich in seinen Kiefer und zwangen ihn, sich zu öffnen.

Vince wehrte sich luftschnappend. Dann ging sein Mund auf. Ein besiegtes Wimmern drang ihm aus der Kehle.

Stans fette Eichel schob sich ihm zwischen die Lippen und blieb auf Vinces Zunge liegen.

Zum erstenmal schmeckte Vince das maskuline Aroma eines reifen Schwengels. Der satte Duft aus Stans Schritt drang ihm in die Nüstern.

Vinces Lippen schlossen sich um den schlaffen Schaft. Er spürte, wie dieser sanft aber zielbewußt seinen gesamten Mundraum erforschte.

Betäubt ließ er es zu, daß die Hände seinen Kopf näher heranzogen, und dann wurden seine Lippen gegen weiche Schamhaare gepreßt, während die klebrige Eichel in seine Kehle vorstieß. Er schluckte rasch und war merkwürdig erfreut, als er spürte, wie das erste kraftvolle Zucken das Mannesfleisch durchfuhr; aber noch ehe der Bolzen steif wurde, zog Stan ihn wieder heraus.

Vince schlug die Augen auf und konnte, ohne den Kopf zu heben, den feucht schimmernden Giganten sehen, den er gelutscht hatte, leicht angeschwollen, aber immer noch locker baumelnd.

»Nächstesmal wird hart«, murmelte Stan, als könnte er die Gedanken des vor ihm knienden Mannes lesen. »Dann ist er verdammt steif, und du wirst ihn schlucken bis zum Anschlag, Vince.« Er drehte sich zu den anderen Männern um. »Bringt ihn in das andere Zimmer und hängt ihn auf!«

Vince hatte jeden Willen zum Widerstand verloren, als sie ihn auf die Füße zerrten und ihn durch einen kurzen Flur in einen fensterlosen Raum mit Betonwänden drängten. Der Fußboden grenzte in der Mitte an eine breite Abflußöffnung. Von den Deckenbalken hingen miteinander verbundene Ketten.

Sie befestigten die Ketten an den Handschellen um seine Gelenke und zerrten ihn in die Höhe, bis er ausgespannt an den gereckten Armen hing und seine Füße kaum noch den Boden berührten. An seinem athletischen, nackten Leib brach feiner Schweiß aus.

Inzwischen waren alle Skiläufer nackt und scharten sich

wieder um Vince, um seinen Leib zu streicheln und mit ihm zu spielen. Er war sich der Nähe ihrer entblößten Männlichkeit deutlich bewußt. Dann und wann streifte ein steifer Schwanz seine gespannten Oberschenkel. Sein eigener Schwengel reckt sich erneut zu voller Länge.

Die verführerischen Liebkosungen wurden derber. Er wimmerte auf, als seine Brustwarzen gezwickt und gezwirbelt wurden. Dann schabten und forschten die Finger auf der Suche nach den empfindlichsten Stellen.

Vince wand sich hilflos unter der Pein. Er spürte seine eisenharte Latte gierig in der Luft zucken.

Jemand zog ihm roh einen Gegenstand – eine Drahtbürste möglicherweise – über den Rücken und die glatten Kurven seines Arschs. Dann machten die anderen das gleiche, wobei sie sich die Haut unter seinen entblößten Achselhöhlen, die Arschspalte, die Brust, die Innenseiten seiner Oberschenkel und jede Stelle, die die Folter steigerte, vornahmen.

Er stöhnte, als er das erste Scheuern wie von Sandpapier oben am Hodensack spürte. Dann arbeitete es sich langsam über seine glühenden Eier vor.

»Tony«, zischte er wissend.

»Stimmt genau!«

Die Qual dauerte an, bis Vinces Klöten sich anfühlten, als seien sie wundgescheuert worden. Dann ging sie zu seinem Schwanz über.

Er unterdrückte den Drang, aufzuschreien, als das Schaben über seinen prallen Schaft, dann den empfindsamen Übergang und schließlich die superempfindliche Eichel kroch.

Er spürte, daß etwas Feuchtes aus der Spitze seines brennenden Organs quoll. Er rätselte benommen, ab es Pisse oder Lusttropfen seien.

Ausgestreckt hing er in den Ketten. Die Männer streichelten jeden Teil seines Leibes mit den Fingerspitzen. Sein Körper fühlte sich sengend heiß an und nackter als je zuvor. Es kümmerte ihn nicht mehr, daß die Schweine ihn anglotzten, nackt und hilflos und mit einem Steifen.

Und, als sie an den Brustwarzen zerrten und Klemmen daran anbrachten, die beinahe liebevoll kniffen.

Und es kümmerte ihn nicht mehr, als ihm einer der Kerle – es mußte dieser Schanzlutscher Tony sein – einen mit Gewicht beschwerten Riemen um die Eier schlang, der sie teilte und nach unten zog.

Und dann ließen ihn die Männer eine Weile in Ruhe ... eine lange, lange Weile.

Vince war sich seiner Nacktheit und der Klemmen, die in sein Fleisch schnitten, dem Druck seines Steifen und dem Ziehen an seinen Eiern vage bewußt. Im Geist lief er einen endlosen Slalom, und fragte sich, welches Tor ihn wohl streifen und stürzen lassen würde.

Ein Strom eisiger Nässe klatschte von allen Seiten auf seinen Leib, während der

stechende Geruch nach medizinischem Alkohol seine Welt erfüllte. Die jähe Kälte verwandelte sich auf seiner geschundenen Haut in brennendes Feuer.

Er zerrte an den Fesseln, die seine Handgelenke in Armhöhe über seinem Kopf hielten. Vielleicht schrie er. Vielleicht heulte er. Vielleicht –

Verdammt, es scherte ihn nicht ... es scherte ihn nicht, was sie ihm als nächstes antun würden ...

Ihn scherte überhaupt nichts, außer –

Das Brennen ließ nach. Als Vince sich zwang, die Augen zu öffnen, fragte er sich, ob er den stämmigen Blonden, der vor ihm stand, anlächelte.

Stan war nackt bis zur Hüfte. Das Licht von der Decke schien auf seine kurzen, goldblonden Haare und die kantigen Züge, seine massiven, tiefbraunen Schultern und Arme, seine breite Brust mit der dicken Matte aus schimmerndem Pelz und den breiten, deutlich abgehobenen Brustwarzen, seinen muskelstarrenden Bauch, der von der tiefsitzenden Hose betont wurde.

Er musterte Vince, als sei der schlanke, nackte Skiläufer nichts weiter als ein Stück Fleisch, das da zur Begutachtung hing. Dann öffnete er seinen breiten Ledergürtel und zog ihn durch die Schlaufen.

Vince war unfähig, den Blick von dem Gürtel und den starken Fingern, die ihn bedrohlich hielten, zu wenden. Er erinnerte sich, sich schon gefragt zu haben, wieso Stan ihn beim Skilaufen immer trug. Jetzt begriff er.

Erneut brach ihm am Rücken der Schweiß aus. Ein Tropfen rann ihm am Rückgrat hinab in die Arschspalte.

Er sah Stan aus dem Blickfeld verschwinden, als dieser hinter ihn trat. Der Geschmack vom Schwanz des Mannes war noch in Vinces Mund, als er spürte, wie der Gürtel langsam über seine rechte Schulter nach links gezogen wurde, um anzuzeigen, wohin der erste Schlag fallen würde.

Vince verkrampfte sich und wartete hilflos ab. Dann pfiff die Peitsche durch die Luft und traf mit einem lauten Schnappen genau ihr Ziel.

Zuerst war da ein kurzes, dumpfes Gefühl, dann ein sengender, brennender Schmerz. Vince warf sich unwillkürlich herum.

Mit quälender Langsamkeit verebbte das erste Brennen. Als Vince wieder zu Atem gekommen war, pfiff der Gürtel erneut durch die Luft.

Der zweite Schlag flammte über Vinces nackten Rücken,

wohlgezielt genau unter dem ersten. Danach die Qual, danach das dumpfe Gefühl.

Das gleiche Muster setzte sich beinahe spielerisch fort; das sirrende Geräusch des Riemens, der durch die Stille schnitt, das Klatschen, wenn er auf nacktes Fleisch traf, der flammende Schmerz, die allmähliche Rückkehr in die Wirklichkeit, das quälende Warten ... und der nächste warnende Pfiff.

Und dann hörte es auf.

Vince ließ sich träumerisch durch die Stille gleiten, die folgte, fuhr im Geist die Slalomstrecke hinab, nackt, und schoß Sperma ab wie ein geiler Teenager, während Stan an der Ziellinie wartete, um sich den Schwanz lecken zu lassen.

Jemand stellte die Klemmen an seinen Brustwarzen enger und erhöhte das Gewicht an seinen eingeschnürten Hoden. Vince stöhnte leise, und fragte sich, ob er seine Ladung schon abgespritzt hatte.

Die Schläge setzten wieder ein. Diesmal zeichnete mit der gleichen methodischen Langsamkeit wie zuvor eine sich schlängelnde Peitsche seinen verlängerten Rücken mit bösartige Schwielen.

Vince spürte jeden Schlag. Im Geist sah er Stan, blond und vierschrötig, nackt bis zur Hüfte und schweißüberströmt, dessen mächtiger Bizeps sich spannte, wenn er mit brutaler Kraft die Peitsche schwang.

Noch immer hatte Vince den Geschmack des Schwengels im Mund. Er fühlte sich merkwürdig abgespalten von dem nackten Skiläufer, der da hing und gefoltert wurde.

Er raste noch schneller über den Abhang, fegte mit höherem Tempo und größerer Kraft denn je durch die Slalomtore, als er sich der düsteren Gestalt näherte, die mit dem riesigen Schwanz in der offenen Hose auf ihn wartete.

Der Riemen schnitt in das weiche, bleiche Fleisch seiner gewölbten Arschbacken. Dann brach die Auspeitschung ab.

Wieder Stille.

Vince fragte sich, ob er abgespritzt hatte, ob er vor Schmerz aufgeheult hatte, ob er um Gnade gebettelt hatte ... ob er noch eine Ladung abgeschossen hatte.

Er schlug die Augen auf und blickte hinunter auf seinen nackten, glänzenden Leib. Seine Brust hob sich unter seinem mühsamen Atmen, und die Metallklemmen an

seinen runden Brustwarzen glitzerten im Deckenlicht. Seine Bauchmuskeln traten deutlich hervor, dann die flache Ebene seines unter der Linie der Sonnenbräune unvermittelt bleichen Unterleibs, dann sein praller Schwanz, der gerade nach vorn ragte und ein Stückchen der an die Eier geketteten Gewichte, die langsam hin und herpendelten.

Vor ihm baute sich eine kleine, stämmige Gestalt auf. Vince brauchte einen Moment, den Blick auf sie einzustellen und sich an den Namen des dunkelhäutigen Typen zu erinnern – richtig, Tony ... der knackige Schwanzlutscher ...

Tony stellte die Brustwarzenklemmen noch enger und ging auf die Knie, um ein weiteres Gewicht an den Eiern seines Opfers zu befestigen. Vince erschauerte unter dem verstärkten, beißenden Schmerz. Dann schaute der kniende Mann zu ihm auf, und ein erfreutes, verstehendes Lächeln breitete sich über seine Lippen ... und dann beugte er sich vor, um den Lusttropfen von Vinces immer noch steifem Schwanz abzulecken.

Vince schloß die Augen und ließ das Kinn auf die Brust sinken, wissend, daß er Tonys Lächeln erwiderte.

Wieder Stille. Dann wurde ein breiter Riemen leicht über sein entblößtes Hinterteil gezogen, um anzuzeigen, wo Stan beginnen würde, ihn weiter zu schlagen.

Vince krampfte sich unwillkürlich zusammen und spannte die Arschbacken. Der Riemen pfiff durch die Luft und traf mit mörderischer Wucht auf.

Vince begriff, daß Stan ihn diesmal ernsthaft verprügeln würde. Mit methodischem Bedacht fiel der Riemen immer wieder.

Vince war nur noch schwach bei Bewußtsein, als das Schlagen endlich aufhörte. Dann wurden die Klammern und Gewichte abgenommen.

Reglos hing er da, merkwürdig zufrieden in seiner stillen, dumpfen Welt.

Dann lösten die Männer seine Arme von den Ketten an der Decke. Seine Beine verwandelten sich in Gummi. Er wurde in einer starken Umarmung aufgefangen, die ihn davor bewahrte, zu fallen, und er wußte, daß Stan das war.

Vince preßte sein Gesicht an die feucht behaarte Brust, inhalierte den sinnlichen Geruch und fühlte sich sicher und geborgen. Er spürte, daß ihm erneut die Hände auf den Rücken gefesselt wurden, und streckte die Zunge heraus, um das warme Salz von Stans verschwitzter Haut zu lecken.

Stan legte ihm eine Hand in den Nacken und bewegte den Kopf über Vinces Brust. Seine Lippen trafen auf eine große, feste Brustwarze, dann auf die andere und leckten und lutschten sie bereitwillig.

Langsam, beinahe zärtlich, wurde Vince auf die Knie hinabgelassen. Er spürte Stans stahlharten Schwanz an seine Brust klopfen, während er über den flachen Bauch und den Bauchnabel züngelte.

Dann setzte er sich mit gesenktem Kopf auf die Fersen zurück und öffnete die Augen.

Er richtete den Blick auf Stans kraftvolle, weitgespreizten

Beine und dann die massive Fleischsäule, die sich vor dem behaarten Unterleib reckte. Der riesige,

adernstarrende Schaft krümmte sich aufwärts, der pralle Strang an der Unterseite schimmerte, die knollige Eichel wirkte tiefrot und bedrohlich. An der Wurzel hatten sich die walnußgroßen Eier in ihrem runzligen Sack eng nach oben gezogen.

Vince empfand Freude über die offensichtliche Erregung des blonden Bullen. Stans Finger ergriffen den prallen Bolzen und drückten ihn ihm ins Gesicht.

Vince starrte einen Augenblick lang auf die riesige, tief eingekerbte Eichel. Dann stieß er vor, um sie zu lecken, sie in den Mund zu nehmen, daran zu züngeln und das männliche Organ zu schmecken und es immer tiefer gleiten zu lassen ... und dann lutschte er!

Ohne zu zögern hatte er zum erstenmal die volle, zuckende Länge des erregten Schwengels eines Mannes aufgenommen – Stans Schwengel! – in Mund und Kehle, und er fing an, daran zu saugen und versuchte, das gleiche zu tun wie Tony zuvor bei ihm.

Stans Handflächen legten sich auf seinen Kopf, um seine Bewegungen zu dirigieren. Vince spürte, wie eine sinnliche, beinahe sexuelle Lust ihn erfüllte.

Vince hatte keine Ahnung, wie lange es dauerte. Er bedauerte nur, daß ihm die Hände auf den Rücken gefesselt waren und er den bulligen nackten Mann nicht berühren konnte, der ihn in die Unterwerfung gepeitscht hatte, daß er die kraftvollen Beine nicht streicheln und die mächtigen Eier nicht liebkosen und den männlichen Körper nicht umarmen konnte.

Dann strömte ihm der erste dicke Schuß Männersahne in den Mund. Er schluckte und versuchte instinktiv, zurückzuweichen, aber die starken Hände hielten ihn über dem zuckenden Bolzen fest.

Ein zweiter, noch dickerer Schwall füllte seinen Mund. Ihn schluckte er leichter, und dann saugte er gierig nach mehr.

Immer wieder feuerte der massive Kolben seine flüssige Ladung ab. Als es, nach einer verzehrenden Ewigkeit, wie es schien, aufhörte, war Vinces Gesicht in Stans Schoß gepreßt, und der noch immer steife Schwanz steckte ihm tief in der Kehle.

Vince spürte, daß die Finger ihn fast liebevoll im Nacken kraulten, und leistete keine Gegenwehr, als ihm ein kalter Metallring um den Hals gelegt und fest verschlossen wurde.

Ein Hundehalsband.

Ein Sklavenhalsband.

Stans Schwanz wurde ihm aus dem Mund gezogen.

»Jetzt du, Tony, ja, und ihr andern Jungs stellt euch in die Reihe.«

Vince lutschte Tonys Bolzen und die der anderen, einen nach dem andern, wobei einige es einfach geschehen ließen, während andere unbarmherzig in ihn hineinrammten.

Dumpf und ohne Widerstand trank er ihr Sperma hinunter.

Dann war er immer noch auf den Knien. Sein Kopf wurde angehoben, und Stan stellte sich, den schlaffen, schwer hängenden Schwanz auf ihn gerichtet, vor ihm auf.

Der erste Strahl Pisse klatschte auf Vinces Brust. Er schloß die Augen, als weitere Bäche von allen Seiten über ihn strömten, von allen Kerlen die er abgemolken hatte. Die heißen Ströme durchnäßten ihn und brannten auf den Schwielen auf Rücken und Arsch. Vince stürzte nach vorn und blieb mit dem Gesicht nach unten auf dem Betonfußboden ausgestreckt. Und so ließen sie ihn liegen.

Aus dem anderen Zimmer hörte er Stimmen. Der Uringestank stieg ihm in die Nase. Und er wartete darauf, daß Stan zurückkam, wußte aber, daß der Mistkerl sich Zeit lassen würde.

Als sie schließlich wieder kamen, wurde Vince in die Wirklichkeit zurückgerissen, indem man einen Eimer mit Eiswasser über ihn ausleerte. Dann zerrten ihn die Männer auf die Füße. Mit dem Kinn auf der Brust stand er da, während sie ihn sorgfältig wuschen und abtrockneten. Seine Handgelenke wurden wieder in seinem Rücken an schwere Ketten befestigt, die mit Fußschellen um seine Knöchel verbunden waren, und er zog daran, wie um sich seiner Gefangenschaft zu versichern.

Fast unbemerkt wurde sein Schwengel stahlhart.

»Wir kümmern uns lieber um den Jungen«, knurrte Stan von jenseits der nackten Männer, die sich um Vince scharten. »Bei der nächsten Olympiade wird er den Slalom fahren, und wenn ich ihm die Eier zerquetschen muß, um ihn da hinzubringen!«

Ein hüfthohes Gestell wurde vor Vince geschoben, und er wurde darübergelegt, auf einer Seite die weit gespreizten Beine, auf der anderen baumelten die gefesselten Arme. Sein von Schwielen gezeichneter Rücken und sein Arsch waren ungeschützt jeder neuen Folter, die Stan und die anderen im Sinn hatten, ausgesetzt, und er zuckte verblüfft zusammen, als warmes, wohltuendes Öl auf sein brennendes Fleisch tröpfelte.

Mann, er hatte alles andere erwartet, als diese plötzlich sanfte Behandlung, und er entspannte sich und stieß ein Wimmern totaler Unterwerfung unter diesen blonden Bastard aus, der die ganze verfluchte Szene angeleitet hatte.

Starke Finger massierten das Öl in Vinces wunde Schultern und noch tiefer ein. Vergeblich fragte er sich, wie lange er wohl schon gefangengehalten wurde. Wie lange war es her, daß er den Slalomkurs hinter dem Hotel hinuntergefahren war? Wie lange, seit er in die Bar gekommen war, um eine Schlunze aufzugabeln und statt dessen Stan getroffen hatte? Wie lange, seit sie hierher zur Hütte gekommen waren? Wie lange, seit er Stans Schwanz gelutscht und sein würziges Sperma geschluckt hatte?

Es spielte keine Rolle.

Nichts spielte eine Rolle, außer der Befriedigung, die ihn erfüllte.

Die offenen Handflächen verteilten das Öl über seinen engen Arsch und in die empfindsame Spalte, und da wußte er, was als nächstes kommen würde.

Vince schlug die Augen auf und sah Stan, der sich vor ihm in Stellung ging, nackt und blond und brutal, dann hob er den Kopf, und seine Lippen suchten den dargebotenen Schoß des Mannes. Zum erstenmal berührte er Stans fette Eier, leckte und saugte sie beinahe träge, spürte, daß der massive Schwanz steif wurde und leicht seine Stirn streifte. Zum zweitenmal nahm er den zuckenden Kolben in den Mund.

Seine Arschbacken wurden gespreizt, und die Finger verrieben das Öl über dem freigelegten Loch, wurden wiederholt hineingestoßen, bis der Muskelring sich entspannt hatte.

»Ich werd dich jetzt in den Arsch ficken, Vince«, raunte Stan gelassen und trat zurück. »Ich werd dir die Rosette durchvögeln ... und wenn du eingeritten bist, dann trainier ich dich für die Olympischen Spiele!«

»Ja ... Sir!«

Mann, war das alles verrückt. Da hing Vince nun über dem Gestell, Hand- und Fußgelenke zusammengekettet, nackt und geprügelt und den Arsch hochgereckt, während Finger ihm das Arschloch spreizten und darin herumstocherten, Stan sagte »Ich fick dich in den Arsch« und Vince antwortete »Ja ... Sir!«. Mit einem Mal ging Stan um ihn herum, mit steifem Schwanz und bereit!

Ja, er würde von Stans Riesenbolzen in den Arsch gevögelt werden, und er wollte es!

Vince biß die Zähne zusammen, als die glitschige Eichel an seiner runzligen Öffnung angesetzt wurde. Zielbewußt zwängte sie sich hinein. Immer wieder stieß der Hammer gegen den empfindlichen Muskelring und dehnte ihn langsam aus, während aus Vinces Kehle ein heiseres Zischen drang.

Urplötzlich versetzte Stan ihm einen heftigen Stoß, und der starre Eindringling wurde bis zum Anschlag versenkt.

»Aarrgghh!« Vince zappelte und wand sich unter dem mörderisch stechenden Schmerz, und die weiten Handschellen schnitten ihm in Hand- und Fußgelenke, als er daran zerrte. »Arrrggghhh!«

Kurz darauf ließ der Schmerz nach. Dann wich er einer dumpfen Wärme. Vince hing schlaff und ohne Gegenwehr da, während der massive Ständer mit planvoller Langsamkeit immer tiefer in ihn hineinglitt.

Eine unglaubliche Lust stieg in ihm auf. Er spürte, daß sein Schwanz zuckend steif wurde.

Vince hörte die heiseren Rufe der zuschauenden Männer und versuchte, sich vorzustellen, was sie sahen, als der blonde Bulle seinen massiven Bolzen in den jungfräulichen Hintern des angeketteten Skifahrers versenkte.

Ob er immer noch stöhnte und heulte, er wußte es nicht.

Stans männliche Kraft, die ihn einhüllte und erfüllte, tat so verdammt wohl!

Ja, und er hatte den Wunsch, den groben Arschficker zufriedenzustellen!

Wie im Traum spürte Vince Stans dichte Schambehaarung an seinen Arschbacken und wußte, daß er jeden einzelnen Zentimeter des prallen Schwengels in seinen Eingeweiden stecken hatte.

Die muskulösen Arme schlossen sich um ihn und zerrten ihn von dem tischartigen Gestell unter seinem schwankenden Oberkörper nach hinten, drehten ihn um und senkten ihn ab. Dann war er auf Händen und Knien auf dem Betonfußboden, und Stans Hammer pflügte seinen willigen Arsch.

Vince wußte, daß er lächelte, wußte, daß seine Hand- und Fußgelenke zusammengekettet waren, wußte, daß er den Ständer seines Lebens hatte, wußte, daß die Lusttropfen aus ihm herausquollen, während ihn Stand von hier bis nach Texas fickte!

Der gottverfluchte blonde Macker zog ihn so langsam und locker durch, daß sein Arsch sich vor Verlangen nach mehr schmerzhaft weit zu dehnen schien.

Dann brutale, kurze Stöße. Dann Rein- und Rausfahren, von der Wurzel bis zur Spitze.

Durchrammeln.

Wieder und wieder und wieder!

Dann wurde Vince zurückgestoßen, so daß er aufrecht auf der steinharten Säule saß, die breite Brust im Rücken, wobei ihn die Finger über seine wundgescheuerten Brustwarzen und Unterarme hinweg bis in den Schritt streichelten.

»Stan ... Sir!« Zum erstenmal berührte Stan Vinces Schwanz und die Eier ... hielten sie ganz fest ... »Ahhh!«

Vince spritzte seine Ladung ab, und jeder verzweifelte Schuß wurde begleitet vom Rasseln der Ketten, die ihn hielten ... und dazu die Zuckungen von Stans explodierendem Hammer in den Eingeweiden!

»Jaaauuuu!«

Vince raste durch den letzten Augenblick der Ewigkeit, den Moment, wo das Universum sich drehte und rotierte wie nie zuvor, spermaspritzend, bellend und heulend, während Stans Samen in ihn rauschte.

Der Höhepunkt kam und verebbte langsam, während er fest und geborgen gehalten wurde.

Verausgabt brach er über Stans steinhartem Schwengel zusammen und spürte, wie die Finger seine erschöpften Genitalien losließen und nach oben kamen, um sich auf seinen Mund zu legen.

Vince leckte sie sauber, aß sein eigenes Sperma auf und erinnerte sich an den Geschmack von Stans Schwanz und an den Orgasmus in seinem Mund und seiner Kehle.

Und da wußte er, daß die Ziellinie dieses Slaloms, wo der brutale blonde Macker ihn erwartet hatte, erreicht war.

Schließlich wurde er wieder auf Hände und Knie hinuntergelassen. Er verspürte ein jähes Bedauern, als Stans riesiger Pfropfen aus seinem schmerzenden Arschloch gezogen wurde.

Eine Weile hing er da, und wartete auf das, was auch immer jetzt kommen würde. Schließlich kamen ihm entfernte Geräusche und das Rauschen der Dusche zu Bewußtsein, danach eifriges Gemurmel und Stöhnen. Er schlug die Augen auf und blickte auf die glitzernden Ketten an seinen Handschellen. Er spürte, daß sich ein befriedigtes Lächeln über sein Gesicht breitete. Er hob leicht den Kopf und sah ein Gewirr dunkler Gestalten an der anderen Seite des Raums, zusammengedrängte nackte junge Skiläufer, die sich geil leckten und fickten und abspritzten. Immer noch lächelnd schloß er wieder die Augen.

Im Geist beobachtete er Stan auf dem Slalomkurs, blond und braungebrannt und nackt, mit gespannten Muskeln, wie er durch die Tore flitzte, während sein praller Schwanz sich zu voller Größe erhob, als er auf die Ziellinie zuraste, wo Vince ihn erwartete.

Finger packten das Würgehalsband. Vince wurde auf die Füße gezerrt und in einen großen, leeren Duschraum geführt. Man schob ihn unter eine rauschende Brause. Als das warme Wasser über seinen von Schwielen gezeichneten Rücken und den Arsch strömte, wimmerte er auf und kehrte zurück in die Wirklichkeit.

Der kleine, stämmige, großschwänzige Kerl namens Tony stand nackt vor ihm und seifte ihm Schultern und Brust und die superempfindlichen Brustwarzen ein.

»Du siehst beschissen aus, Vince. Tut's weh?«

»Schon.« Mit gesenktem Kopf starrte er auf Tonys schwer baumelnden Schwanz. »Willst'e mir noch mal einen blasen?«

»Scheiße, ich bin grade geblasen und gefickt worden, während ich selber auch 'n bißchen geblasen hab!« Tonys Handflächen arbeiteten sich abwärts über Vinces festen Oberkörper. »Fährst du drauf ab, das Ding von 'nem Kerl zu schlucken?«

»Ich – ich hab's noch nie vorher gemacht.«

»Ich werd dir 'ne Menge Übung verschaffen, jederzeit!«

»Okay ... wenn's Stan recht ist.«

»Klar, er ist der Boß.«

Vince schaute distanziert zu, als Tony ihn gewissenhaft vorne und hinten einschäumte. Dann duschte er und trocknete sich ab.

»Hat Stan dich schon mal gefickt, Tony?«

»Mann, der hat sich jeden hier schon vorgenommen.« Tony grinste verständnisvoll. »Er hat sich noch nie so 'ne Mühe gegeben, 'ne Rosette aufzubrechen wie bei dir.«

Vince blickte hinunter auf die Ketten, die von seinen Hand- und Fußgelenken hingen. Dann trat er langsam aus der Dusche, zurück durch den betonierten Raum, in dem er geschlagen und mißbraucht worden war, zur Tür zum Hauptraum der Hütte.

Das große Zimmer wurde von den Flammen des Kamins erhellt. Stan lag in dem Sessel, nackt, mit gespreizten Beinen, und der Schwanz mit der schweren Eichel über den bulligen Klöten. Die anderen waren um ihn versammelt, ebenfalls nackt, und tranken und rauchten und unterhielten sich.

Vince zögerte, den Blick auf Stan gerichtet. Dann ging er langsam mit gebeugtem Kopf und klirrenden Ketten durch den Raum. Vor dem rohen, braungebrannten Blonden fiel er auf die Knie.

»Setz dich«, knurrte Stan nach einer langen Weile. »Dreh dich um, und setz dich.«

Vince drehte sich um und setzte sich hin, den Kopf im Schoß des Mannes. Er versank in einen angenehmen Tagtraum. Er konnte die Stimmen hören, achtete aber nicht auf das, was sie sagten. Er fühlte sich warm und geborgen, preßte den Kopf an die feste Innenseite von Stans Oberschenkel und sog den frischen Duft seiner nackten Haut ein.

Er blickte hinunter auf die Manschetten und Ketten und lächelte zufrieden über die schwellende Bereitschaft seines schweren Schwengels.

»Zeit fürs Bett«, verkündete Stan und zog an dem Würgeband um Vinces Hals. »Komm mit, Junge.«

Vince stand auf und folgte dem Mann gehorsam durch einen langen Flur in ein großes, dämmrig beleuchtetes Zimmer. An der Wand stand ein breites Bett. Stan schloß die Tür.

»Ist das dein Zimmer, Stan?«

»Ja. Du schläfst heute nacht hier.« Er musterte Vince

einen Moment lang, bevor er sich auf die Bettkante setzte. »Ich nehm dir besser die verdammten Ketten ab. Ich will nicht, daß sie klirren und mich aufwecken.«

»Laß die Handschellen dran«, murmelte Vince und hielt ihm die Handgelenke hin. »Und das Halsband.«

»Richtig.« Stan schloß die Ketten auf und legte sich mit hinter dem Kopf verschränkten Armen der Länge nach aufs Bett. »Komm rauf und leg dich schlafen.«

Vince zögerte und betrachtete freimütig den kräftig gebauten Blonden. Dann kletterte er ins Bett, streckte sich zwischen Stans Beinen aus und legte das Gesicht mit der Seite auf Stans strammen Bauch.

»Was dagegen, wenn ich dich anfasse, Stan?«

»Ist mir scheißegal.«

»Das war das Schlimmste, was ihr Kerle mit mir gemacht habt«, murmelte Vince und ließ seine Hand über Stans muskulösen Bauch und die massive, behaarte Brust streicheln. »Daß ich gefesselt war und dich nicht berühren konnte.«

»Schlimmer als das Schwanzlutschen und das Geficktwerden?«

»Ich – ich nehm an, ich wollte, daß das passiert. Mit dir, meine ich.«

»Morgen laß ich dich noch mehr üben.« Er streckte eine Hand nach unten, um seine Finger träge über Vinces Haare wandern zu lassen. »Schon mal 'n Kerl in den Arsch gefickt?«

»Nein.«

»Gelegentlich darfst du mal Tony bumsen. Der fährt drauf ab, gerammelt zu werden.«

Vince holte tief Atem; er hatte die Arme ausgestreckt, und die Handflächen ruhten auf Stans breiter Brust. »Willst du, daß er mich auch fickt?«

»Nein. Deinen verdammten Hintern heb ich mir für mich auf«, gähnte Stan. »Wir werden dich morgen noch 'n bißchen rannehmen. Die Jungs bringen dich ins Hotel zurück, wenn sie abfahren.«

»Darf – darf ich hierbleiben? Nur du und ich?«

»Ich reiß dir den Arsch auf«, warnte ihn Stan ruhig. »Ich mach dich auf der Slalomstrecke fertig, Vince, und du kriegst jedesmal den Gürtel zu spüren, wenn du Mist baust. Und vielleicht nehm ich dich auch nur so zum Spaß vor.«

»Okay«, stimmte Vince zu, wobei er verdammt genau wußte, worauf er sich da einließ. Er spürte, wie Stans kräftige Schenkel sich ein wenig fester um ihn schlossen. »Macht dich Skifahren geil?«

»'Ne gute Fahrt schon.«

»Würd mir gefallen, nach 'nem Tag mit guten Abfahrten hierher zurückzukommen und uns beide zusammen auszuziehen und dich aufgegeilt zu sehen ... und zu spüren, wie du mir in den Arsch oder in die Kehle abspritzt.«

»Bis zur nächsten Olympiade wirst du's noch ganz schön leid werden, auf meinem Schwanz zu reiten!« knurrte Stan mit einem belustigten Unterton. Dann streichelten seine Finger an Vinces Hals hinunter zu dem Hundehalsband. »Hast du je daran gedacht, ein Sklave zu sein?«

»Ich – ich denk, ich lern's noch.«

»Du wirst ein Sklave des Skilaufens sein – und meiner – bis nach den Olympischen Spielen.«

»Okay.« Vince schnüffelte an Stans Bauch und schob sich tiefer, bis er den Rand der seidigen Schamhaare erreichte. Er lächelte in sich hinein. »Hey, Stan, was passiert, wenn wir 'ne Medaille gewonnen haben?«

»Du wirst sie gewinnen«, antwortete er bestimmt. »Ich bin nur dein Trainer.« Er zog sanft am Halsband. »Danach bring ich dich wahrscheinlich wieder hierher, und kette dich wieder an und laß dich vor mir kriechen, weil du's nicht noch besser gemacht hast.«

Vince erhob sich auf alle Viere und schaute den bulligen blonden Macker, der vor ihm ausgestreckt war, an, dann die breiten Ledermanschetten an seinen Gelenken, dann Stans riesige, schlaffe Genitalien.

»Ja, Stan ... ja, Sir ... jaaa!«

Er beugte sich hinunter, und zum erstenmal schlossen sich seine Finger um Stans dicken, langen Schwengel.

Er schob die schlaffe Säule beiseite und ließ sich niedersinken, um die freigelegten Hoden mit Lippen und Zunge zu liebkosen.

Er spürte, wie der erste ·Schauer kraftvoller Erregung durch Stans Schwanz zitterte. Er leckte an dem unteren Strang des anschwellenden Schafts nach oben bis zur gedehnten Eichel.

Er saugte sie in den Mund und ließ sie in die Kehle gleiten und größer werden.

Er schloß die Augen und stellte sich Stan am Ende der Slalomstrecke vor, wie er mit der Stoppuhr die Zeit nahm und kühl nickte, als er durch das letzte Tor fuhr und dann über die Ziellinie schoß, nackt und blond und braungebrannt und steinhart.

Vince kniet im eisigen Schnee, senkt den Kopf und lutscht den Schwanz seines Trainers, während die Olympische Medaille am Hundehalsband um seinen Nacken befestigt wird.

Ein Lederriemen pfeift auf seinen von Peitschenschlägen gestriemten Arsch und wieder zurück, während der starre Bolzen Spermaschwall um Spermaschwall in seine hungrige Kehle schießt ...

DAS SUPEREI

Wieder waren die Turks die absoluten Favoriten für die Super Bowl.

Im Profifootball ist die Super Bowl das Größte, der Ort, wo die Fans jeden beliebigen Wahnsinnspreis bezahlen, um die Profis bei der Arbeit zu sehen, der Ort, wo die Zocker ihr Geld riskieren, der Ort, wo endlich zwei Mannschaften die Spielzeit abschließen, die im Trainingslager begonnen hat.

Das Lager der Turks wurde Mitte Juli im Seamont College eröffnet. Wie gewöhnlich traf Stan eine Woche zu früh ein. Und Al auch.

Stan war »der Stürmer mit den geschmeidigen Hüften«, den die Sportreporter in den Himmel hoben, der gutaussehende, blonde Quarterback, der die Mannschaft von Sieg zu Sieg geführt hatte.

Al war der bullige, stämmige Mittelläufer, dessen Namen nur selten in den Schlagzeilen auftauchte.

Im Lager und auf Tour waren sie Zimmerkameraden.

»Wieso bist du den so früh gekommen?« fragte Stan, als sie über den nächtlichen Campus zum Wohnheim schlenderten.

»Ich muß mich in Form bringen. Bin ‘n bißchen schlapp geworden.«

»Also, in der Dusche grade hast du überhaupt nicht schlapp ausgesehen.«

Stan hatte in der Sporthalle trainiert, als Al hereingekommen war, und ohne viel miteinander zu reden, hatten sie trainiert und geduscht und sich ihre Sporthosen und T–Shirts übergezogen.

Jetzt waren sie auf dem Weg zu ihrem Zimmer, das sie während des Trainingslagers teilen würden.

»Und warum bist du schon da?« knurrte Al.

»Aus dem gleichen Grund, nehm ich mal an.«

»Also, in der Parfümwerbung im Fernsehen hast du ganz gut in Form gewirkt. Ich muß sie an die hundertmal gesehen haben und du hast –«

»Das war kein Parfüm«, grummelte Stan. »Das war Aftershave.«

»Ich hab's ausprobiert. Ich hab gerochen wie 'ne Schwuchtel.«

»Laß den Scheiß. Ich bin bezahlt worden für den Werbespot!«

»Tolle Sache.« Al stampfte beharrlich voran, wie ein Grizzlybär auf Jagdzug. »Der Trainer hat Foley als zweiten Quarterback verpflichtet. Bist du deswegen so früh gekommen? Damit du schärfer aussiehst als der?«

»Nein, verdammt noch mal!«

»Anne sagt, er ist 'ne Tucke.«

»Meine Frau auch.«

»Vielleicht tratschen unsere Weiber ja miteinander.«

»Glaub ich nicht.« Stan befeuchtete sich die Lippen. »Nancy kommt nicht klar mit Anne.«

»Macht Nancy dieses Jahr die Tour nicht mit dir mit?«

»Nein. Die Kinder kommen in die Schule. Da bleibt sie bei ihnen.«

»Anne auch.« Al blickte den hübschen Blonden an und leckte sich über die Lippen. »Wieder mal 'ne Spielzeit zusammen auf einem Zimmer, hm?«

»Stimmt.«

Sie betraten das Wohnheim und machten sich auf den Weg durch den langen Flur zu ihrem Zimmer.

»Ich hoffe, Foley nimmt dir den Quarterbackposten nicht ab, Kumpel«, brummelte Al mit dem Anflug eines Grinsens. »Ich käm mir irgendwie komisch vor, wenn da so'n Schwuli an meinem Arsch rumfummelt, wenn ich mit dem Ball zugange bin.«

»Scheiße!« schnaufte Stan.

»Außerdem weiß ich ja nicht, wie's euch anderen Jungs dabei geht, wenn so'n Schwanzlutscher im Umkleideraum rumrennt. Vielleicht trägt Foley ja 'n Sackhalter mit Spitzen. Wäre keine gute Werbung, wenn das rauskäme.«

»Darüber soll sich das Präsidium Gedanken machen.«

»Andererseits ist vielleicht ja gar nicht so übel, 'n Schwengelfresser in der Truppe zu haben. Kerle wie du und ich, mit den Frauen zu Hause, werden manchmal ganz schön geil, stimmt's?«

»Glaub schon.« Stan runzelte die Stirn und biß sich auf die Unterlippe. »Hätt'st du das gerne? Wenn sich Foley über dich hermacht?«

»Ich bin nicht zickig, wenn's drum geht, abzuspritzen, wenn ich geil bin.« Al zuckte seine massiven Schultern. »Wenn Foley unbedingt an 'nem Männerbolzen lutschen will, soll er – also, seine Lippen sehen ganz gierig aus, und ich hab nichts dagegen, meinen Pimmel in so'n Schwanzlutscher zu stecken.«

»Foley?«

»Warum nicht?«

Ohne zu antworten blieb Stan von einer Tür im Flur stehen, öffnete sie und trat ein. Durch die Fenster fiel dämmriges Licht.

Das Zimmer war groß und spärlich möbliert; zwei metallene Betten standen parallel zueinander an den Seitenwänden, dahinter stand die Tür zum Bad offen.

»Trautes Heim, Glück allein«, brummte Stan und ging aufs Klo. »Muß mal pinkeln.«

»Willst du noch daheim anrufen, bevor wir uns in die Falle hauen?«

»Ich ruf Nancy morgen an. Und du?«

»Also, ich kann auch gut bis morgen warten. Anne mag's nicht, wenn ich so spät noch anrufe und die Kinder wecke.«

Stan knipste das Licht im Bad an, das über seine kurzgeschorenen Haare und hübschen braungebrannten Züge tanzte. Er kickte Schuhe und Socken von sich, um sich dann ganz auszuziehen.

Er hatte die Art von Körper, die der Firma, die ihn für den Werbespot bezahlt hatte, einen großen Absatz an Aftershave einbrachte. Seine Schultern waren breit und stark, die massiven Rundungen seiner Brust waren mit weichen, sonnengebleichten Haaren bewachsen und wurden auf beiden Seiten von festen, männlichen Brustwarzen betont. Sein Bauch war flach und muskulös und unterhalb der Hüfte – naja, die Fernsehkameras hatten diesen Teil nie gezeigt.

Er ging zur Toilette, fummelte an seinem Schwanz, ließ ihn frei heraushängen und blickte auf ihn hinunter, während er zu pissen anfing.

Sein Unterleib war blass–rosa, und sein Schwengel bog sich unter einem Gewirr dichter Schamhaare. Der Schaft war breit und lang und geädert, und aus der breiten Eichel rauschte ein goldener Strom.

Er grinste bei dem Gedanken, wieviel mehr Aftershave die Firma wohl verkaufen könnte, wenn die TV–Kameras ihn ganz zeigten. Dann hörte er Al in dem anderen Zimmer herumrumoren.

Als er fertig war, schüttelte er die letzten Tropfen vom Schwanz und kehrte ins Hauptzimmer zurück.

Al hatte das T-Shirt ausgezogen, und seine Sporthose hing ihm tief auf den Hüften. Er war gebaut wie ein Affe, verdammt noch mal – Stiernacken ... gewaltige Schultern ... breite, behaarte Brust ... nicht das geringste Zeichen von Schlappheit...

»Zeit für die Falle«, sagte Stan, allzeit Quarterback.

»Nicht vorher noch 'n Drink ... oder 'ne Zigarette?«

»Nein.«

Stan sah zu, wie Al sich auf das Bett gegenüber seinem fallen ließ, gebaut und mit 'nem Gehänge wie 'n Bulle.

Verdammt, es war Monate her, seit sie zusammen auf einem Zimmer gewohnt hatten ... seit dem Ende der letzten Spielzeit ... in der Nacht nach dem Super Bowl Sieg.

»Noch 'n bißchen Training?« fragte Al ruhig.

»Okay.« Stan erkannte den Code, den sie vor langer Zeit entwickelt hatten. Sein Schwengel wurde breiter. »Soll ich rüberkommen?«

»Nee.«

Al sprang auf. Sein muskulöser Körper zeichnete sich im Schatten ab – schwarze Haare ... grobe Züge ... kurzer Hals über riesigen Schultern ... behaarte, breite Brust ... Schwanz mit fetter Eichel, der vom nackten Unterleib herunterhing ...

Stan sah, wie Al auf ihn zukam und seinen anschwellenden Schwanz mit glitzerndem Gleitmittel einrieb. Er legte sich zurück und hob die Beine an.

»Al –«

»Ja, Kumpel?«

Al kniete sich gegenüber von Stan aufs Bett und legte sich die Beine des Blonden über die massiven Schultern. Dann schob er seine Bärenpranken unter Stans Hintern und umfaßte und spreizte die festen Backen, während er die Spitze seines steifen Bolzens an dem entblößten Arschloch ansetzte.

Stan schluckte, als er spürte, wie die geschwollene Eichel sich an seine empfindliche Öffnung preßte. Er blickte auf zu Als zerbeultem Gesicht.

»Geile Sau!«

»Kannst'e laut sagen!« knurrte Al. »Ich hab davon geträumt, dich wieder durchzuvögeln, seit du den verdammten Werbesport gemacht hast!«

»Scheiße –« Stan brach ab und wand sich, als die Fleischsäule tief in ihn eindrang. »Mann! Du reißt mich ja auseinander!«

»Du bist schon wie oft auf meinem Ding rumgehopst«, antwortete Al flüsternd mit gepreßter, erregter Stimme.

»Diesmal dehn ich dich bis zum Anschlag. Ich werd die ganze verlorene Zwischensaison aufholen.« Er drückte seinen Rammbock noch ein bißchen tiefer hinein. »Ich fick dir die Seele aus dem Leib, Junge!«

»Jaaaa.«

In der Dunkelheit des Schlafzimmers ließen die beiden Footballhelden ihr öffentliches Image, das Stereotyp von Sportlern als Familienvätern ... den ganzen Scheiß, sausen.

Sie tauchten in ihre ganz besondere, geheime Welt ein, gierig ... willig ... aufrichtig ...

Der bullige Seitenläufer hielt den blonden Quarterback in der gekrümmten Haltung fest und zwängte seinen geäderten Schwanz immer weiter durch den verkrampften Muskelring ... ganz hinein bis zu den stacheligen Schamhaaren.

»Verflucht, Stan! Du bist immer noch so eng wie beim erstenmal, als ich dich gebumst hab!«

»Verdammter Mistkerl!«

»Stimmt!« Al pumpte mit quälender Langsamkeit, zog den massiven Bolzen bis zu der deutlich abgesetzten Rille heraus, um dann wieder zuzustoßen. »Ich fick dich in den Arsch, bis dir mein Sperma zu den Ohren rauskommt!«

»Gib's mir, verdammt noch mal!«

Al fuhr, die schmalen, sexverschleierten Augen auf Stan geheftet, beinahe träge fort. Der blonde Quarterback rammte ihm den Hintern entgegen, um bei jedem Stoß die volle Wucht abzukriegen.

Ihrer beider Stöhnen und Keuchen vermischten sich, und sie überließen sich dem gemeinsam geteilten männlichen Erlebnis.

»Mann, ich hab's ja so vermißt, 's mit dir zu treiben, Stan!«

»Ich auch, Kumpel!«

»Scheiße!« Al unterbrach, riß sich Stans Beine von den Schultern und starrte hinab auf seinen nackten athletischen Leib. »Mann, ich schau dich zu gerne an, wenn du ausgezogen und steinhart bist! Vor allem, wenn du so daliegst und mein Ding in deinem scharfen, kleinen Hintern stecken hast!«

»Mach zu!« bettelte Stan heiser. »Verpaß mir deine Ladung!«

»Verflucht, ich hab kaum angefangen.« Al beugte sich vor, legte seine rauhen Handflächen auf die schwer atmende Brust des Blonden und sah zu, wie sich die sonnengebleichten Locken zwischen seinen dicken Fingern kringelten. »Soll ich ganz schnell abspritzen, Kumpel?«

»Ich – ich –«

»Soll ich den Schwengel jetzt sofort aus deinem Arsch rausziehen?«

»Auuu– mach zu! ... Du weißt genau ...«

»Und ob,« murmelte Al, mit einem Mal sanft und ruhig. »Genau so hab ich mich gefühlt, als du mir deine Dampframme in den Hintern geschoben hast.« Er spielte mit Stans großen, festen Brustwarzen. Plötzlich griff er kichernd nach Stans steifem, dicken Schwanz. »Geil?«

»Mach kein Scheiß. Ich spritz gleich durch die ganze Bude.«

»Ich mag's echt, wenn du so angeturnt bist.« Er ließ die dicke Säule los und sah zu, wie sie auf Stans flachen Bauch zurückklatschte. »Mann, ich reiß dich gleich ganz weit auf!«

»Mach zu! Fick mich!«

»Du hast's so gewollt!« Al beugte sich vor und packte die Metallstange am Kopfende des Betts, um seine Wucht zu verstärken. Sein massiver Rammbock hämmerte in Stans Eingeweide. »Da hast du's!«

»Ganz rein, du Drecksau!«

Fluchend und Schweinereien knurrend überließen sich die beiden Männer der vollen Raserei ihrer wachsenden Leidenschaft.

Wie zwei kämpfende Tiere fielen sie übereinander her. Immer wieder wechselte Al die Stellung. Sein muskelbepackter Leib glänzte von Schweiß. Schließlich warf er sich flach auf Stan und stieß mit immer größerer Wucht zu.

»Verdammt enges, kleines Arschloch«, brummte er und schloß den zappelnden Blonden in eine bärenhafte Umarmung. »Werd ich gleich mit Sperma abfüllen ... ich besorg's dir!«

»Jaaauuu!« Er schlang Arme und Beine um den bulligen Seitenstürmer, und sein zuckender Schwanz wurde zwischen ihren eng umschlungenen Leibern gefangen. »Mann! Wie wahnsinnig geil! Scheiße! Verdammt –Al!«

Mit einem erstickten Schrei warf er den Kopf zurück, als sein Orgasmus einsetzte und der dicke Saft aus seinen prallen Eiern strömte, um durch seinen zuckenden Bolzen zu schießen und in einer heißen Salve zu explodieren – und dann spürte er, wie Als steifer Hammer sich in seinen Eingeweiden verkrampfte.

»Kooommm!« raunte Al, fast so, als sei es ein heiliges Wort. »Kumpel! ... Arrgghh! ... Kooommm!«

»Arrrrgggghhhh!«

»Stan!«

Sie klammerten sich aneinander, als versuchten sie vollkommen miteinander in verzehrender Ekstase zu verschmelzen ... ins All zu schießen ... den höchsten Gipfel zu erreichen ... um dann langsam, träge und befriedigt zurückzugleiten.

Arme und Beine ineinandergeschlungen blieben sie, stundenlang, wie es schien, so liegen. Dann ließ Stan seine Finger über Als feuchte Schultern und den Rücken wandern.

»Du schwitzt wie 'n verdammter Gaul, Kumpel.«

»Du bist auch nicht grade strohtrocken.«

»Du schwitzt wie 'n Gaul, und du hast 'n Gehänge wie'n Gaul«, fuhr Stan in sich hineinlächelnd fort. »Manchmal, nach 'nem rauhen Spiel, seh ich dich im Umkleideraum ausgezogen und naß und denke dran, wie du schwitzt beim Abspritzen.«

»Scheiße!« knurrte Al. »Was is'n los? Hast du dich in 'n Schweißfreak verwandelt oder sowas?«

»Ich hab dein Schwitzen vermißt«, antwortete Stan aufrichtig. »In der Zwischensaison dachte ich 'n paarmal dran, dich anzurufen ... mich mit dir zu treffen ... jagen oder angeln gehen oder sowas.«

»Das wär nicht dasselbe«, sagte Al zärtlich. »So wie das in der Spielzeit zwischen uns läuft, würd's nicht außerhalb funktionieren.«

»Ja«, stimmte Stan zu. »Vielleicht hab ich dich deshalb auch nicht angerufen.« Er streichelte erneut den entspannten

Rücken des Mannes. »Deine Frau und meine ... Nancy und Anne ... sie würden's nicht verstehen, stimmt's? ... Und die Kinder ...«

»Das sind zwei verschiedene Welten, Stan.« Er stemmte sich langsam hoch und betrachtete ihre von Sperma und Schweiß überströmten Leiber. »Mann, machst du 'ne Schweinerei, wenn du abspritzt!«

Er griff nach einem Handtuch, rubbelte sich ab und stopfte es Stan unter den Arsch. Der Blonde schloß die Augen und schluckte hart, als Als Schwengel tief aus ihm herausgezogen wurde.

»Das haß ich ja«, murmelte er. »Ich haß es, wenn's vorbei ist.«

»Ist noch nicht vorbei, Kumpel.« Al sprang auf und ging zum Bad. »Ist nur 'ne Pause.«

»Du Sau!«

Stan grinste, entspannte sich und lauschte, als im Nebenzimmer die Dusche aufgedreht wurde.

Noch vor kurzem hatten er und Al sich umschlungen ... geflucht ... gefickt ... abgespritzt ...

Er erinnerte sich daran, wie Al beim Abspritzen »Kooommm!« geflüstert hatte.

Und jetzt fing eine neue Spielzeit an.

Al kam zurück und trocknete seinen nackten, bulligen Körper ab.

»Ich hab die Dusche für dich angelassen, Partner.«

»Danke.«

Stan stand auf und ging in das kleine Bad, um sich zu waschen.

Al hatte recht – Stan schwitzte wie verrückt, wenn sie es zusammen trieben. Eigentlich beide – schon immer. Nicht wie wenn Stan mit Nancy schlief ... vielleicht schwitzte Al auch nicht, wenn er mit Anne in der Falle lag. »Zwei verschiedene Welten ...«

Stan duschte, trocknete sich ab, knipste das Licht aus und ging ins Schlafzimmer zurück.

Al lag nackt im Dunkeln auf seinem Bett; die Glut einer Zigarette hob die Umrisse seiner kräftigen Gestalt hervor.

Al rauchte fast nur, wenn er abgespritzt hatte.

Stan nahm sich eine Zigarette aus der Packung auf dem Nachttisch, zündete sie an und ging hinüber, um sich auf die Kante von Als Bett zu setzen.

»Hast du 'n Aschenbecher, Kumpel?«

»Da drüben.« Al nickte in Richtung Nachttisch. »Alles klar?«

»Ja.« Er zog, füllte seine Lungen mit Rauch und stieß ihn langsam wieder aus. »Wie ich's dir gesagt hab, ich hatt's nötig, gefickt zu werden!«

»Das hättest du dir auch bei 'ner Menge Typen holen können.«

»Hab ich nicht gemacht. Das wär was anderes gewesen als ... bei dir und mir.« Er ließ die freie Hand auf Als Brust fallen und glättete gedankenverloren die seidenschwarzen Haare auf den kräftigen Rundungen. »Erinnerst du dich noch ans erstemal?«

»Wir war'n total breit.«

»Ich hätt mich nie getraut, den Arsch für deinen Hammer hinzuhalten, wenn ich nicht breit gewesen wär.«

»War bei mir dasselbe.« Al grinste hinauf zu dem hübschen Blonden, der neben ihm saß. »Ich bin irgendwie weggetreten, und als ich wieder aufwachte, hattest du mir deinen Fleischbolzen halb in den Arsch geschoben. Das war echt schräg, Kumpel.«

»Dein Hintern ist aber auch echt was zum Ficken«, zog

Stan ihn auf, während er über den bulligen Stürmer nach dem Aschenbecher langte. Er zwinkerte, als er spürte, wie Al die Hand hob und nach seinen lose hängenden Hoden griff. »Hey! Was machst'n da?«

»Deinen Eiern hallo sagen.« Zärtlich fingerte er an den schlüpfrigen Kugeln. »Hey, ihr geilen Klicker!«

»Du machst mich nur wieder scharf« sagte er warnend, ließ sich zurücksinken und stellte den Aschenbecher auf Als Brust ab. »Das ist dann aber mein Schwanz und dein enger, kleiner Hintern, Partner.«

»Okay«, stimmte Al unbekümmert zu und fuhr fort, an Stans schweren Genitalien herumzuspielen. »Ich hab dem Trainer versprochen, daß ich dich auf Trab halte, dieses Jahr. Der sagt, du wärst als Quarterback keinen Scheiß wert, wenn du nicht in Form bist.«

»Quatsch!« Stan nahm einen letzten Zug aus der Zigarette und drückte sie aus. »Du weißt ja, Al, daß ich mir nie viel aus 'nem Männerarsch gemacht hab, bis wir angefangen haben, miteinander rumzuvögeln. Die meisten Kerle, die so groß sind wie du, haben echte Schlabberärsche, aber deiner ist klein und –«

»Mann! Du fängst an zu reden, wie so'n verfluchter Schwuli!« Stans steif werdenden Schwengel in seiner Hand ignorierend drückte er die Zigarette aus. »Apropos Homos, ich hoffe, du hast die Tür abgeschlossen. Ich will nicht, daß Foley hier reinschleicht, und versucht, mit uns rumzuschwulen.«

»Verrückter Mistkerl!« Stan stellte den Aschenbecher wieder auf den Nachttisch. »Meinst du wirklich, Foley steht auf Kerle?«

»Bailey wird's rausfinden. Der fährt drauf ab, sich einen blasen zu lassen.«

»Bailey?« Stan versuchte, sich den riesigen Verteidiger vorzustellen ... einsneunzig, hundertzwanzig Kilo ... behaart wie'n Affe ... 'n richtiger Grizzlybär. »Wie bist du dir da so sicher?«

»Wir sind letzten Monat mal 'n Wochenende angeln gewesen, und auf dem Rückweg gingen wir zum Pinkeln in so 'ne Raststätte.« Er legte sich lächelnd zurück, als Stans Hand wieder zu seinem nackten Oberkörper zurückkam und ihn leicht streichelte. »Na, und da saß in einer Kabine so'n Typ und glotzt zu uns her – du weißt schon – und Bailey geht einfach rüber, läßt die Hose runter und schiebt dem Schwanzlutscher sein Ding in die Kehle.«

»Ungelogen?«

»Ungelogen. Der hat den ins Maul gevögelt wie'n Irrer und gegrunzt und gestöhnt und sich dran aufgegeilt ... und dann – Mann, war das komisch!« Al kicherte, als er seinem speziellen Kumpel und Zimmerkameraden das Erlebnis schilderte. »Du kennst doch die Kabinen in den Raststätten, die mit den Metallwänden und der Stange über der Tür. Also, Bailey packt die Stange und macht so 'ne Art Klimmzug, hebt vom Boden ab und legt die Beine um den Kopf von dem Spechtschlucker und pumpt sein Sperma in den ab. Scheiße, ich hätt mir fast in die Hosen gemacht, so komisch sah das aus!«

»Hört sich echt so an.« Stan schaute seinen Fingern zu, die über den kräftigen, nackten Oberkörper spazierten, und versuchte, seine Hintergedanken zu verbergen. »Hast – hast du weitergemacht, als Bailey fertig war?«

»Mann, ich hab viel zu sehr gelacht, um 'n Ständer zu kriegen!« Er beruhigte sich und streichelte fast unbewußt Stans dicken Schwanz. »War irgendwie schon schräg, zu sehen, wie so'n Typ wie Bailey einen geblasen kriegt ... wenn man sich so gut kennt, daß man nicht mehr verklemmt ist, was Sex angeht und alles ...«

»Meinst du, wir sollten's mal mit Foley oder Bailey versuchen?«

»Weiß nicht.« Mit der freien Hand schob er Stans Finger bis hinunter in seinen Schoß und drückte sie auf seinen fetten, erregten Schwengel und die schweren Eier.

»Wär nicht schlecht, mal zu sehen, wie du fickst oder einen geblasen kriegst, aber –« Er machte eine Pause und zuckte dann die Achseln. »Mann, wir kümmern uns doch ganz gut umeinander. Richtig?«

»Verdammt richtig.«

Lange rührten sie sich nicht, beide mit den heißen Teilen des anderen in der Hand. Dann stieg Stan langsam, aber zielbewußt aufs Bett.

Er kauerte sich zwischen Als gespreizte Beine und beugte sich über den nackten Unterleib ... betrachtete den Riesenschwanz, der sich auf Als Bauch zurückkrümmte ... preßte die Lippen auf die Wurzel des gigantischen Bolzens ... fuhr mit der Zunge über den dicken Strang an der Unterseite ... leckte aufwärts zu der glitschigen Rille ... der fetten Eichel ... den tief eingegrabenen Schlitz ...

»Gottverdammich!« flüsterte Al, der sich verkrampfte, als er spürte, wie die zuckende Eichel in Stans Mund verschwand. »Kumpel! ... Du und ich ... mehr als Sex ...« Er ließ die Hand auf Stans Kopf fallen und fuhr durch die kurzgeschorenen blonden Haare, dann über die starken Schultern und packte fest zu. »Scheiße! Komm hier rauf, du Miststück!«

Stan kroch eifrig aufwärts, um sich über Als breite Brust zu setzen und dem hungrigen Mann sein erregtes Glied anzubieten.

»Willst'e mal an meinem Pimmel lutschen, Al?«

»Scheiße, ja!« Er hob grinsend die Hände, um zärtlich damit über Stans muskulösen Oberkörper zu streichen. »Her mit dem Hammer!«

»Bedien dich, Kumpel.«

»Und ob!«

Al packte den dicken Schaft, führte ihn ans Gesicht und fuhr sich mit der glänzenden Eichel über die zerknautschten Züge. Dann hielt er ihn weg und kauerte sich nach vorn, um an den prallen Eiern in dem runzligen Sack zu züngeln.

Stan erschauerte vor Lust, grub die Finger in Als Stachelhaare und schob die Klöten in den warmen, saugenden Mund.

Plötzlich wich Al zurück, holte tief Luft und machte sich über Stans zuckenden Schwengel her.

»Al!« Stan krampfte sich unter dem fordernden Druck zusammen und befreite sich. »Ich spritz gleich ab, verdammt!«

»Ich hab, doch gesagt, daß ich dir die Hölle heiß mach.«

»Okay, aber doch nicht so schnell.« Er streckte sich auf dem Bett neben dem muskulösen Stürmer aus. »Ich will mir meine Ladung aufsparen, falls Foley reinkommt und mit uns rummachen will.«

»Quatsch!«

Leise lachend umarmten sie sich, um sich dann beruhigt zu entspannen.

»Meinst du, wir schaffen's dieses Jahr bis zur Super Bowl, Al?«

»Ich hoffe doch. Ich hab vor, dich in der Halbzeit auf der Fünfzig–Yard–Linie in den Hintern zu vögeln.«

»Und was, wenn wir's nicht schaffen?«

»Dann bums ich dich, wenn wir's uns im Fernsehen anschauen.«

»Okay.« Stan rutschte an Als nacktem, männlichen Körper herum und bearbeitete ihre immer noch steifen Schwänze gemeinsam. »Kumpel?«

»Verdammt, hol das Pimmelfett!«

»Für was?«

»Du hast meinem schwanzgeilen Arschloch noch nicht hallo gesagt, du Dumpfbacke!«

»Jaaauuu!«

AUFNAHMERITUALE

Dough hatte gewußt, was er von der Aufnahme in die Kappa Theta Bruderschaft zu erwarten hatte. Die Studentenverbindung hatte den Ruf, daß sie die Neulinge zum Schweigen verpflichtete, und daß die Aufnahme immer eine echte Quälerei war.

Dough war im ersten Studienjahr und schon einer der besten Schwimmer in der Unimannschaft. Seine kurzen, braunen Haare umrahmten seine fein geschnittenen Züge. Wie die meisten anderen jungen Männer im Hauptraum der Berghütte war er bis auf eine zerschlissene Jeans nackt. Seine breiten Schultern und sein geschmeidiger, muskulöser Oberkörper schimmerten im flackernden Licht des Kamins.

Die Neulinge waren in der Nacht zuvor zur Hütte gebracht worden und hatten die von den Kappa Thetas verlangten Peinigungen, den Freundschaftsmarsch, die Gedächtnistests, die Akte der Erniedrigung und Unterwerfung hinter sich.

Dough schaute sich in dem riesigen Raum um und entdeckte Moose in den Schatten. Moose war der erste Verteidiger der College–Footballmannschaft und verdiente seinen Spitznamen. Sein Gesicht war groß und zerknautscht, und es ließ sich nicht sagen, wo sein Hals endete und die massiven Schultern begannen. Seine Arme waren mit kräftigen Muskeln bepackt, und auf seiner breiten Brust wuchs eine dichte, schwarzseidene Matte, während über seinen flachen Bauch abwärts ein Pfad verlief, der in der Jeans verschwand, die ihm fest auf den strammen Hüften saß. Einen Augenblick lang stellte Dough sich den Bullen vor, wie er ihn so oft schon gesehen hatte, wenn er nackt durch das Studentenheim latschte und sein fetter Schwanz über seinen frei pendelnden Eiern baumelte. Ja, alle Jungs zogen Moose wegen seiner Größe auf. Und so war er auch an seinen Spitznamen gekommen.

Moose fing Doughs Blick auf und machte ein finsteres Gesicht, worauf er die dünnen Lippen zur Andeutung eines Lächelns verzog und ihm den Stinkefinger zeigte. So 'n Scheiß machte Moose immer, seit Dough den Aufnahmeantrag bei Kappa Theta gestellt hatte, und starrte ihn nun fast grinsend an, und brummelte etwas, was für ein »halbes Hemd von Schwimmer« Dough sei.

Dough fragte sich, wieso Moose ihn während des Aufnahmeritus nicht mit dem Paddle versohlt hatte, und erwiderte den Gruß mit dem Finger. Dann sah er Chet auf sich zukommen.

Chet war groß und blond, gutaussehend und muskulös. Er war Mooses Mitbewohner und Quarterback in der Footballmannschaft. An seiner Hüfte baumelte ein Eichenpaddle, das mit einem Lederriemen am Griff an einer Schlaufe seiner Levis befestigt war. Dough wußte, daß das harte Holz bedeutend stärker schmerzen würde, als das weiche Pinienpaddle, das der Blonde in der Hand hielt.

»Geh in Stellung, Abschaum«, befahl Chet.

Alle Neulinge wurden »Abschaum« genannt, und Dough gehorchte automatisch und befolgte das Ritual, das dem Klatschen des Paddles vorausging. Er griff sich in den Schritt und hob seine Genitalien in der Hose an, schloß die Beine und beugte sich vor, wobei er seine Knie umfaßte. Dann spürte er Chets Hand, die über seinen dargebotenen Hintern rieb, um zu prüfen, ob er ein Polster in der Gesäßtasche oder der Unterhose unter dem engen Stoff hatte.

Chet hatte Dough während der Initiation mehrmals versohlt, mehr als alle anderen Neulinge; aber jedesmal zog er den Polstercheck durch. Seine Finger streiften mit verführerischer Langsamkeit über die verborgenen Rundungen und die Spalte dazwischen. Dann zog er die Hand weg, um selbst in Stellung zu gehen.

Dough schloß fest die Augen und biß die Zähne zusammen. Eine seltsame Erregung erfüllte ihn. Er war entschlossen, die Strafe ohne zu zucken hinzunehmen, um seine Männlichkeit zu beweisen, um Chet zu zeigen, daß er es ertrug, um Moose und den anderen Kappa Thetas zu zeigen –

Das Paddle traf mit schmetterndem Krachen auf. Dough fragte sich, ob sein Hintern schon taub wurde, denn der Laut war viel schlimmer als der Schmerz.

»Verflucht, Chet«, knurrte Moose. »Jetzt hast du noch ein Paddle auf dem Hintern von dem Abschaum demoliert!«

»Reib's dir rein«, sagte Chet zu Dough.

»Ja, Sir.« Dough richtete sich auf und griff nach hinten, um sich den Hintern zu massieren. Er erinnerte sich daran, wie Chet die grobgekleideten Kurven gestreichelt hatte. »Danke, Sir.«

»Raus, ihr Abschaum!« befahl Chet den anderen Neulingen. »Aufstellen und Maul halten.«

Die jungen Männer strömten von der Hütte in die Dunkelheit nach draußen und stellten sich schweigend auf. Die Nacht war warm und still. Dough spürte, wie ein warmer Arm den seinen streifte und sich dann fest an ihn drückte.

»Mann, ich hoffe, die schlagen uns nicht noch mehr«, flüsterte ein Junge neben Dough. Dough erkannte Chucks Stimme. »Ich weiß nicht, ob ich noch 'ne Abreibung aushalte.«

»Scheiße!« schnappte Dough unerwartet stolz. »Ich hab mehr abgekriegt als du.«

»Stimmt, Chet hat's echt auf dich abgesehen.«

Dough mußte sich unwillkürlich Chuck im Verbindungshaus vorstellen, einen Ringer, gleichzeitig muskulös und geschmeidig, dessen wurstförmiger Schwanz aus dem drahtigen Dickicht zwischen seinen Beinen lugte, wenn er sich auf dem Klo produzierte.

»Wißt ihr, was jetzt kommt?« fragte Tiger von weiter unten in der Reihe. Dough erinnerte sich, ihn im Umkleideraum der Sporthalle gesehen zu haben, ein kleiner, knackiger Kerl der immer herumalberte, braungebrannt, bis auf die prallen Hinterbacken. »Die binden uns jetzt gleich alle am Sack zusammen. Dann müssen wir über eine Hindernisbahn rennen, und der erste, der hinfällt, ist seine Eier los. Ja, und dann müssen wir anderen sie aufessen!«

»Ich hoffe nur, daß du der erste bist, der hinfällt, Tiger«, nuschelte eine tiefe Stimme.

»Willst wohl meine Eier essen, Tex? Mann, die kannst du jederzeit lecken, und dann kannst du mir den Schwanz lutschen und –«

»Scheiii–sse!«

Dough machte das nervöse Gekicher der anderen mit, und jäh wurde es still, als die Tür zur Hütte aufflog.

»Tiger!« bellte Chet aus dem Eingang. »Du bist der erste! Schieb deinen armseligen Arsch hier rein!«

»Ja, Sir!«

Die Stille hielt an, als Tiger verschwunden war. Dough fragte sich, welche Peinigungen dem knackigen, jungen Spaßvogel bevorstanden. Unbewußt stellte er sich Tiger wieder vor, nackt, mit dem Gesicht nach unten, die elfenbeinweißen Backen seines versohlten Hinterns wund und glühend.

Er fragte sich, wie wohl sein eigener Arsch aussah und verspürte eine bedrohliche Wärme zwischen den Beinen.

Mann, was für ein beschissener Augenblick, um einen Ständer zu kriegen!

Einer nach dem anderen wurden die Neulinge in die Hütte gerufen. Dough ertappte sich dabei, wie er sich jeden einzelnen nackt vorstellte. Den bulligen Ringer Chuck. Den nuschelnden Burschen, den sie »Tex« nannten und der immer an seinem schlauchförmigen Schwanz zupfte und erklärte: »Mein armer, kleiner Specht braucht mehr Liebe!« Den Rotschopf aus der Schwimmannschaft, dessen bleicher Körper immer von Kopf bis Fuß rot wurde, wenn die Jungs über Sex redeten. Den schlanken Läuferstar, der –«

»Dough!«

»Ja, Sir!«

Dough bewegte sich mechanisch, drängte sich an Chet vorbei in die Hütte. Die Kappa Thetas hatten sich im Halbkreis um Moose geschart. Der kräftige Footballspieler hielt ein riesiges, poliertes Eichenpaddle.

»Geh in Stellung, Abschaum!« befahl Moose mit kaltem Blick und ausdruckslosem Gesicht.

»Ja, Sir!«

Dough schluckte und bemühte sich, ein Zittern zu unterdrücken, als er das Ritual befolgte, seinen Schritt richtete, die Beine schloß und sich vorbeugte. Er war sich sicher, daß Moose das harte Paddle so fest auf seinen Hintern schlagen konnte, daß er bluten würde, und fragte sich, ob er den Schmerz würde ertragen können, ohne aufzuschreien. Gewiß, er hatte Angst, aber gleichzeitig regte sich in seinen Lenden wieder diese heiße Erregung. Er war entschlossen, den Kappa Thetas zu beweisen, daß er es wie ein Mann nehmen konnte. Und ob, er würde es ihnen zeigen, und vor allem Moose!

Dann spürte er auf dem Hintern Mooses offene Handfläche, die nach Polstern suchte. Der Druck der forschenden und verweilenden Finger war beinahe liebevoll. Dough erinnerte sich daran, wie Chet ihn wiederholt durchsucht hatte. Nein, Moose machte es sogar noch gewissenhafter, fuhr die Rundungen und die Spalte nach und umschloß die Backen, um schließlich die Hand wegzuziehen.

Dough riß sich zusammen, denn er wußte, daß Moose jetzt zurücktrat und mit dem Paddle zielte. Er hatte das verrückte Gefühl, er müsse lospissen, wenn der Schlag landete. Pissen ... oder kommen!

»Mach nicht so doll, Moose«, warnte jemand. »Denk dran, was du mit Tiger gemacht hast.«

»Verdammt, gib's dem Abschaum«, drängte eine weitere Stimme. »Wenn er's nicht besser aushält als Tiger, dann verdient er nicht, ein Kappa Theta zu sein!«

»Zeig's ihm, Moose!«

»Wart mal!« sagte Chet. »Dough hat das Recht, auszusteigen, wenn er keine Abreibung mehr verträgt.«

»Ja«, stimmte Moose zu. »Willst'e aussteigen, Abschaum?«

Dough richtete sich auf und schaute den bulligen Athleten an, der das bedrohliche Paddle hob. Gewiß, er hatte Angst vor der Wucht, die Moose in den Schlag legen konnte, aber er grinste und zeigte ihm den Finger.

»Geh in die verfickte Stellung!« brüllte Moose. »Du halbes Hemd von scheiß Schwimmer!«

Wieder wurde das Ritual durchgezogen. Dough beugte sich vor und hielt den Hintern hin, während Moose den Arsch unter dem Jeansstoff nach Polstern untersuchte, und dann kam das lange Warten, bis der Züchtiger bereit war.

Dough spürte, wie ihm der Schweiß ausbrach und über seinen nackten Oberkörper rann. Er dachte an verrückte Sachen wie die Art, auf die Moose ihm befohlen hatte, die *verfickte* Stellung einzunehmen. Ein Gröhlen stieg von den Zuschauern auf, und Dough riß sich zusammen und versuchte, sich auf das mörderische Klatschen einzustellen.

Das Paddle streifte kaum seinen Hintern. Plötzlich lachten die Kappa Thetas und begrüßten ihn in der Bruderschaft. Er brauchte einen Moment, um zu begreifen, daß das Aufnahmeritual beendet war. Darauf fuhr er zu Moose herum. »Hast wohl Angst, mich zu versohlen, Moose?«

»Ja«, gab der massige Sportler mit offenem Grinsen zu. »Ich hatte Angst, ich würd dein Klappergestell quer über die Wand klatschen!« Er nickte in Richtung einer offenen Tür am Ende des Raums. »Komm, ich bin dir 'n Drink schuldig.«

Sie betraten die Bar, und Dough verspürte eine Erregung, als er sich zu seinen neuen Verbindungsbrüdern gesellte, mit Moose einen trank und mit den Jungs herumalberte. Die Drinks kamen stetig nach. Es dauerte nicht lange, bis Dough einen sitzen hatte.

»Hey, Kumpel!« Es war Chet, blond und hübsch, noch immer mit nackter Brust und mit dem Paddle des Zuchtmeisters am Gürtel, der Dough auf die Schulter klopfte. »Alles klar?«

»Ich bin gleich besoffen.«

»Das ist ja das Beste bei einem Aufnahmeritual«, kicherte Chet. Seine Hand blieb, wo sie war. »Aber du hast's echt ertragen wie ein Mann.«

»Und du hast mir's echt gegeben.«

»Du hättest erst mal in meinem Jahrgang sein sollen. Die haben Moose und mich so richtig vorgenommen.«

»Moose?«

»Er hat's genommen wie du.« Chet trank sein Glas aus. »Ich muß mal pinkeln. Wie ist's mit dir«

»Ja, glaub schon.«

»Wir können rausgehen und die Bäume gießen. Komm.«

Dough ging mit Chet, es war ihm warm, und er war so beschwipst, daß er grinste, ohne zu wissen, warum. Die Nacht draußen war still und dunkel. Sie gingen unter die Bäume, und Dough, der dicht neben Chet stand, knöpfte die Hose auf und zog seinen Schwengel heraus. Er erinnerte sich, wie er als Junge zusammen mit einem Freund zum ersten Mal draußen gepinkelt hatte und beide kichernd auf den unreifen, kleinen Pimmel des anderen geguckt hatten.

Dough richtete den Strahl ins Dunkel und schaute hinüber zu Chet; er konnte den blonden Sportler kaum sehen, der schon die letzten Tröpfchen von seiner dicken Latte abschüttelte.

»Schon mal 'n Typ versohlt, Dough?«

»Nein.«

»Hast'e Lust?« Sein Schwengel hing ihm immer noch aus dem Schlitz. Chet löste das Paddle von dem Riemen an der Gürtelschlaufe. »Willst'e dich revanchieren?«

»Mann, Kumpel–«

Er reichte Dough das Paddle. »Ich kann's vertragen, wenn du den Mumm hast, mir's zu geben.«

Dough nahm das Paddle. Er spürte die harte Glätte des Holzes. Er schaute den nacktbrüstigen Footballhelden an. Er wußte, sie waren beide betrunken, und fragte sich, wie es wohl wäre, Chet eine Abreibung zu verpassen.

»Okay«, sagte er mit einem Frosch im Hals. »Geh in Stellung.«

»Ja, Sir!«

Chet schnellte nach vorn, packte seine Knie und hielt seinen festen, runden Arsch hin. Dough trat einen Schritt vor, um nach Polstern zu suchen. Er sah, wie seine Handflächen über die geschmeidigen Kugeln glitten, und spürte die Hitze unter dem engen Stoff. In seinen Lenden stieg ein Kribbeln auf.

Dough hatte noch nie am Hintern eines Kerls herumgespielt. Wie hypnotisiert ließ er die Hand liegen, streichelte die verhüllten Backen und zeichnete die deutliche Spalte dazwischen nach. Sein Schwanz hing ihm immer noch aus dem offenen Schlitz, und er merkte, daß er einen Ständer bekam. Es war dunkel, so daß Chet es wahrscheinlich nicht sehen konnte und ... verflucht, scheiß drauf! Klar, sie machten nur Quatsch, Verbindungsbrüder, die sich nach dem Aufnahmeritual näher kennenlernten – weiter nichts.

Er ging mit gespreizten Beinen in Stellung, zielte sorgfältig und schwang dann das schwere Paddle. Das Brett traf sein Ziel. Chet rührte sich nicht.

»Fester, Dough! Ich kann's vertragen!«

Mit einem Mal entflammt, zielte Dough und schwang das Paddle erneut, volle Pulle. Die Wucht fuhr ihm durch den Arm. Er hörte Chet, der vor Schmerz pfeifend nach Luft schnappte, darauf sein ersticktes: »Danke, Sir!«

»Reib's rein!« befahl Dough.

»Ja, Sir.« Chet richtete sich langsam auf und stand mit hängenden Schultern und an den Seiten baumelnden Armen da. »Dough ... willst du's nicht für mich reinreiben?«

Wortlos trat Dough an Chets Seite und umfaßte mit einer Handfläche seine Backen. Kurz darauf spürte er Chets Finger an seinem Hintern. Seite an Seite starrten sie in die Dunkelheit und streichelten sich gegenseitig die Ärsche. Dough fragte sich, ob auch Chet einen Steifen hatte.

Unvermutet öffnete Chet seine Hose und ließ sie auf die Knie fallen. Doughs Hand berührte das nackte Fleisch. Er wollte sie zurückziehen, aber irgendwie war es ihm nicht möglich. Und dann kam etwas ganz Verrücktes, denn er schob die Jeans herunter, so daß Chet seinen nackten Arsch spüren konnte.

»Verdammt gut!« nuschelte Chet, der Doughs von der Prügel taube Hinterbacken streichelte. »Verbindungsbrüder. Du und ich und Moose. Es nehmen wie'n Mann, hm? Gefällt dir mein Arsch auch so gut wie mir deiner?«

»Und ob«, antwortete Dough heiser. »Du hast 'n echt hübschen.«

»Hast du Lust, mir noch 'nen Schlag zu verpassen. Ich halt's auch nackig aus, Mann.«

»Okay.« Er war sich der Körperwärme Chets an seinem Leib scharf bewußt, des Gewichts des schweren Paddles in der einen, die feste Glätte des männlichen Arschs in der anderen Hand. »Geh in die verfickte Stellung!«

Dough beobachtete, wie Chet sich vorbeugte und seine bleichen Backen im Dämmerlicht schimmerten. Es wurde ihm klar, daß er Mooses Ausdruck verwendet hatte. Ja, Moose hatte es immer die »verfickte Stellung« genannt. Und ein sexueller Unterton lag auch in den anderen Ausdrücken, die die Jungs während des Rituals gebraucht hatten: Besorg's ihm mit dem Prügel, polier ihm die Spalte. Reiß ihm den Arsch auf. Nimm's wie ein Mann!

Dann hob Dough das Paddle, zielte und schwang es schließlich mit brutaler Kraft. Der Schlag traf sauber, und Chet ruckte vor Schmerz zischend nach vorn, richtete sich aber nicht auf.

Dough wußte diesmal, was zu tun war. Er wartete ab, bis der sengende Schmerz eingedrungen war, so wie bei ihm selbst die Wucht des Paddles in den Hintern eingedrungen war. Dann wiederholte er den Schlag mit aller Kraft.

»Ja, Sir!« wimmerte Chet und fiel auf die Knie. »Ich mach alles, was du sagst. Alles, Sir.«

»Und ob!« Ein Rausch von Machttrunkenheit erfüllte Dough, als er auf den blonden Footballhelden hinunterblickte, der demütig vor ihm kniete, dann wandte er sich ab. »Dir gefällt mein Arsch, stimmt's? Na, dann küß ihn!«

Einen Augenblick später spürte er Chets Finger, die über seine nackten Backen streiften, dann die Lippen, dann die Zunge! Er erschauerte unter der Empfindung, und sein Schwanz richtete sich heißblütig zwischen seinen Beinen auf. Urplötzlich wußte er, was er wollte. Er fuhr herum, um Chet, die Beine gespreizt, die Hände in den Hüften, herrisch anzuschauen.

Der blonde Sportler starrte mehrere Sekunden lang auf Doughs strammen Bolzen. Dann hob er eine Hand, packte die Wurzel des zuckenden Schafts und beugte sich darüber. Dough warf den Kopf zurück und schloß die Augen. Er hörte das Rauschen der Bäume im leichten Wind und spürte die warme Brise über seinen nackten Oberkörper streichen. Dann nuckelten Chets Lippen an der Spitze seines Schwengels, öffneten sich, um sie in den Mund zu nehmen, sie zu umzüngeln und sich tiefer über die geäderte Säule zu saugen.

Dough lächelte in sich hinein. Er war schon öfter geblasen worden und erkannte, daß Chet kein Anfänger war, wenn es ums Schwanzlutschen ging. Ja, der hübsche Quarterback der Unimannschaft schluckte mit voller Kehle!

Er blickte nach unten, um zu beobachten, wie Chet vor und zurückschaukelte, und konnte sehen, daß der junge Mann sich rhythmisch wichste. Mann, was würden die anderen Jungs sagen, wenn sie wüßten, daß der Footballheld im Dunkeln auf den Knien lag und sich einen runterholte, während er an dem geilen Pimmel seines neuen Verbindungsbruders lutschte.

Plötzlich gab Chet einen unterdrückten Schrei von sich. Dough sah weiße Flüssigkeit aus den Schatten zwischen den gespreizten Beinen des Sportlers hervorschießen. Sein eigener Höhepunkt erreichte den Gipfel, und er packte Chet am Kopf, um ihn an Ort und Stelle zu halten, als er seinen Kolben wild in den gierigen Mund rammte.

»Schwanzlutscher!« zischte er, während er auf den höchsten Punkt zuraste. »Arschlecker! Schwanzlutscher! Arrgghh!«

Kurz darauf biß er die Zähne zusammen, um nicht vor Lust aufzuschreien. Jeder einzelne Muskel verkrampfte sich, als der erste Schwall tief aus seinem Innern herausschoß, durch seinen Schwanz raste und in Mund und Kehle des Schwanzlutschers explodierte. Wieder! Wieder! Wieder und wieder und wieder, bis er ausgetrocknet war.

Es war vorbei. Dough wollte nicht darüber reden. Er zog seinen erschlaffenden Pimmel aus Chets Mund und wandte sich ab, um die Hose hochzuziehen, die feuchten Genitalien hineinzuschieben und den Schlitz zuzumachen. Als er sich wieder umdrehte, war Chet aufgestanden und hatte die Jeans geschlossen und das Paddle an der Gürtelschlaufe befestigt.

Es gab nichts zu sagen. Die beiden Männer gingen schweigend unter den Bäumen zurück.

Nackt bis zur Hüfte, ein Handtuch über der Schulter wartete Moose auf der Veranda der Hütte. »Na, du halbes Hemd von 'nem Schwimmer«, knurrte er, Chet übersehend. »Lust auf 'n Sprung in den See?«

»Gute Idee.« Dough sah Chet in der Hütte verschwinden und nahm neben Moose Schritt auf, als sie den Pfad hinunter zum See wanderten. »Chet und ich war'n mal draußen zum Pinkeln.«

»Hast'e ihm den Arsch versohlt?«

»Woher weißt du das?«

»Chet steht da drauf. Unter anderem.«

»Ja, hab ich gemerkt.«

Sie kamen an eine kleine, einsame Stelle am Ufer, und Dough konzentrierte sich darauf, die Jeans auszuziehen. Dann stürzte er sich mit einem flachen Startsprung in den See und tauchte auf, um Moose hinter ihm keuchen zu hören. Er lächelte in sich hinein, als er daran dachte, wie Moose alles mit Wucht und brutaler Kraft machte – sogar beim Schwimmen.

Dough bewegte sich mit geschmeidigen, sauberen Stößen weiter vom Ufer weg. Die kühle Flüssigkeit strömte über seinen nackten Leib, wusch den Schweiß von seinem Körper, die Hitze von seinem wunden Arsch und den Geschmack von Chet von seinem entspannten Schwanz.

Als er schließlich wieder zum Ufer zurückschwamm, war es etwas komisch, denn Moose stieg schon wieder aus dem Wasser. Der massige Körper des braungebrannten Athleten verschmolz, von den bleichen Rundungen seines Hinterns abgesehen, fast mit der Dunkelheit. Dough hatte sich noch nie Gedanken um den Hintern eines Kerls gemacht, nicht bis zu seiner Aufnahme in die Verbindung, als er sich vornübergebeugt hatte, um nach Polstern untersucht zu werden, nicht bevor er da draußen mit Chet gewesen war und sie sich gegenseitig angefaßt hatten. Er mochte es, wie geschmeidig und fest Mooses Backen trotz der übrigen vierschrötigen Gestalt, waren.

Als Dough aus dem Wasser kam, hatte Moose sich fertig abgetrocknet. Er schmiß das feuchte Handtuch dem jungen Schwimmer zu und legte sich auf das Gras am Ufer. Hastig trocknete Dough sich ab. Ohne zu überlegen legte er sich neben seinem Verbindungsbruder auf den Rücken, um zum sternenübersäten Himmel aufzuschauen.

»Geschockt über Chet?« fragte Moose schließlich.

»Du weißt, was dann noch passiert ist?«

»Ich nehm an, er ist über dich hergefallen, nachdem du ihn versohlt hattest. Da steht der drauf.«

»Ich hab ja schon öfter einen geblasen gekriegt«, gab Dough fast angeberisch zu. »Drunten bei der Glade.« Die Glade Fakultät war ein bewaldetes Gebiet am Rand des Unigeländes, wo die Stille der Nacht vom Geraschel von Männern, die sich in die Büsche schlugen, von sich öffnenden Reißverschlüssen und den unterdrückten Lauten beim Männersex unterbrochen wurde. »Schon mal dagewesen?«

»Klar, ehe ich herausfand, was Chet so mag. Macht mich echt geil – deshalb wohnen wir auch auf einem Zimmer.«

»Wie viele von den Jungs wissen eigentlich über ihn Bescheid?«

»Du und ich. Und 'n paar andere.«

»Tiger?«

»Wie kommst du da drauf?«

»So paar Sachen, die er heute abend sagte. Er witzelt immer rum, aber –« Dough atmete aus. »Scheiße, alles an diesem Aufnahmeritual schien mit Sex zu tun zu haben! Die Sachen, die die Jungs sagten. Das Suchen nach den Polstern. Geh in Stellung. Das Arschversohlen. Das Arschgefummel.« Er drehte den Kopf, um Mooses ramponiertes Profil zu sehen. »Wieso hast du mich eigentlich nicht geschlagen?«

»Hab ich doch schon gesagt. Ich hatte Angst, ich würd dein Knochengestell quer über ...« Er drehte sich zu Dough um, ließ seine Hand auf die feste Brust des schlanken Schwimmers fallen und lächelte ihn breit an. »Hey, jetzt weiß ich, wieso du nicht gebaut bist, wie ich! Du hast dich bei der Glade zu sehr verausgabt!«

»Quatsch!«

»Okay, du hast recht.« Moose schaute Dough direkt ins lachende Gesicht und sprach mit unvermittelter Ernsthaftigkeit. »Halbes Hemd, wenn du vor mir in die verfickte Stellung gegangen wärst, wär mein Schwanz durch die Hose und direkt in deinen Arsch gestoßen!«

»Moose –«

»Ich fahr voll auf dich ab«, fuhr der bullige Athlet, außerstande aufzuhören, fort. »Ich will's mit dir machen – nicht das, was du bei der Glade oder mit Chet gemacht hast. Kein Rein–raus–vergiß–es. Ich liebe dich, Dough!« Und er ließ sich fallen, um seinen Mund auf den des Jüngeren zu senken.

Doughs erster Impuls war, Widerstand zu leisten, gegen Mooses Angriff anzukämpfen, ihn abzuwehren, und dann ... ah, jaaa! Laß ihn doch! Seine Lippen klebten an denen des bulligen Footballspielers. Dann berührten sich ihre Zungen, forschend, erregend. Er spürte Mooses Hand über seine Brust nach unten gleiten, seinen steifen Schwanz und die prallen Eier entdecken.

Er stöhnte vor Lust, als Moose seinen Mund freigab und zu seiner schwer atmenden Brust überging, dann seinen gierigen Brustwarzen, immer tiefer bis zu seinem heißen Schwengel. Zum zweitenmal an diesem Abend schlossen sich die Lippen eines Mannes um seinen stahlharten Bolzen.

»Moose!« Dough erinnerte sich, daß der massige Athlet, der an seinem Schwanz lutschte, gesagt hatte *Ich liebe dich*! Und da drängte er Moose von seinem gespannten Schwengel weg. »Laß den Scheiß, verflucht!«

»Scheiße. Als Chet sich über dich hergemacht hat, da bist

du nicht ausgeflippt! Du hast garantiert in ihn abgespritzt, stimmt's?«

Die beiden legten sich Seite an Seite zurück, und Dough dachte über alles nach, was geschehen war. Er war so verdammt stolz gewesen, als er sich bei Kappa Theta beworben hatte, als er mit den Sportkameraden ins Verbindungshaus gegangen war, als er das Aufnahmeritual durchgestanden hatte, als er seine Prügel bekommen hatte und es ihn irgendwie angeturnt hatte, sich zu beweisen, als er mit Chet in den Wald gegangen war und ihn gedemütigt hatte, indem er ihm den Arsch versohlte und ihn zwang, ihm den Arsch zu lecken und den Schwanz zu lutschen, als Moose draußen auf ihn gewartet hatte, weil er wußte, daß er sich im See abkühlen mußte. Und dann hatte Moose ihn angemacht.

»Moose?« fragte Dough schließlich. »Willst du, daß ich dir einen blase?«

»Und wie.«

»Und noch was anderes?«

»Und wie«, wiederholte Moose sanft. »Schwanz, Eier, Arschloch, ich will alles von dir an mir spüren, und umgekehrt.«

»Letzten Sommer hab ich mal versucht, 'nem Kerl einen zu blasen«, sinnierte Dough. Er streckte die Hand aus, um den zuckenden Kolben des massigen Sportlers zu streicheln. »Deiner ist noch größer.« Einen Moment lang lag er still und fühlte die Fleischsäule unter seinem Griff zucken, dann knurrte er: »Was soll's, ich werd mich schon dran gewöhnen!«

Der junge Schwimmer drehte sich abrupt um und preßte sein Gesicht in Mooses Schoß, knabberte an dem erregten Schwengel, leckte die breite Eichel, genoß den fast vergessenen Geschmack erhitzter Männlichkeit, badete mit der

Zunge die glänzende Spitze, sog sie und dann den geschwollenen Schaft immer weiter in den Mund.

»Dough!« flüsterte Moose bebend vor Lust. Zärtlich strich er mit den Handflächen über die Schultern des jungen Mannes. »Scheiße, ich hätte nie gedacht, daß du –« Er brach ab, dann packte er seinen neuen Verbindungsbruder und zog ihn von seinem prallen Schwanz. »Komm hier rauf, du halbes Hemd!«

»Hm?« Dough ließ sich nach oben zerren und fiel flach über Moose. Ihre nackten Leiber klebten aneinander, und dazwischen lagen, aufrecht Seite an Seite gepreßt, ihre steifen Schwänze. »Ahhh, Scheiße, Kumpel!« Er wand sich in der kraftvollen Umarmung und stöhnte. »Ich kann nicht mehr! Ich spritz gleich ab! Moose!«

Dough raste auf den Rausch des Orgasmus zu, klammerte sich an Moose, spritzte ihm sein Sperma über den Bauch, erreichte den Gipfel, hörte die heiseren Schreie, verausgabte sich, versank in die Ohnmacht vollkommener Befriedigung und blieb so liegen, als es vorbei war.

»Wie ich schon sagte, ich liebe dich«, murmelte Moose schließlich und streichelte träge Doughs nackten Rücken.

»Ich hab gespritzt wie'n verdammter Schuljunge. Nicht sehr romantisch, hm?«

»Mann, ich hab's kommen lassen, als es dir kam. Die Hälfte von dem Zeug, das uns zusammenklebt, ist von mir.«

»Ich kleb gerne mit dir zusammen.« Dough berührte kurz Mooses nackte Brust mit den Lippen. »Wir könnten noch mal in den See springen und uns abwaschen.«

»Jederzeit.«

»Nur nicht hetzen.« Er seufzte und stieß ein Lachen aus. »Wir hätten uns nicht so eingesaut, wenn du mich hättest zuende blasen lassen.«

»Willst du?«

»Und ob! Du und Chet, ihr seid nicht die einzigen Schwanzlutscher in der Verbindung – jedenfalls nicht heut abend!«

»Halbes Hemd!« Moose umarmte Dough noch fester, aber seine Stimme wurde sanfter, verlor den Scheiß–drauf–Ton, mit dem er geredet hatte. »Dough, willst du bei mir einziehen? So richtig?«

»Und was ist mit Chet?«

»Bei dem ist schon Tiger scharf drauf, einzuziehen. Tiger ist's egal, wo er seinen Schwanz reinsteckt, wenn er geil ist.«

»Okay.« Dough brach ab, dann sagte er, was er nicht zurückhalten konnte. »Aber du mußt mir noch einiges beibringen über – du weißt schon, wie's Typen miteinander machen, wie sie – du weißt schon, Arschfummeln und all den Scheiß.«

»Da kannst du dich drauf verlassen ... du halbes Hemd!«

VORHAND

Tennislager haben mit den normalen Vorstellungen eines Lagers nichts zu tun, und das von Greg ist keine Ausnahme. Die Urlaubsatmosphäre entspricht dem Preis, der für die erschöpfenden Tage des Trainings bei einem der am schnellsten aufgestiegenen jungen Tennisprofis berechnet wird. Gepflegte Tennisplätze sind umgeben von luxuriösen Apartments und Urlaubshäusern, und während der Nebensaison der Profitour begrüßt Greg die reichen jungen Amateure mit ihren teuren Klamotten und Tennisschlägern – und ihren dicken Scheckbüchern.

Aus diesem Grund waren auch Dean und Pete hier und hämmerten im Schein der Nachmittagssonne den Ball über das Netz hin und her.

Dean war neunzehn, blond und stämmig. Ein Schweißfilm glitzerte auf seinen jugendlich männlichen Zügen und der nackten Brust. Sein kräftiger, braungebrannter Oberkörper glühte, als er ans Netz stürzte, um Petes Return abzufangen, und er stöhnte auf, als sein Gegner einen perfekten Flugball über seinen Kopf und gerade noch innerhalb der Auslinie plazierte.

»Scheiße!«

»Spiel, Satz, Sieg, Weltmeister!« triumphierte Pete und rannte nach vorn. »Mit dem Lob hab ich dich gekriegt.«

»Scheiße noch mal!« Dean ging zur Seitenlinie. »Woher hast du gewußt du, daß ich ans Netz gehen würde?«

»Du bist eine Sekunde zu früh losgelaufen. Greg hat mir beigebracht, auf sowas zu achten.«

Pete war etwa in Deans Alter, braunhaarig und ebenfalls nackt bis auf die Tennisshorts. Er war muskulös und leicht gebräunt.

»Du fährst echt ab auf Tennis, hm?« fragte Dean, hob sein Tennishemd auf und warf es sich über die Schulter.

»Klar.« Pete nahm sein einfaches, abgetragenes T–Shirt, wischte sich übers Gesicht und die breite, leicht behaarte Brust und stopfte es sich in den Bund seiner Shorts. »Ich will Profi werden wie Greg.«

»Und deshalb trainierst du so hart, hm?«

»Glaub schon.« Er runzelte die Stirn und kaute auf seiner Unterlippe. »Meine Familie ist nicht reich, weißt du, und hat verdammt geschuftet, um die Stunden und das alles zu bezahlen.« Er warf Dean einen schüchternen Blick zu. »Ich wette, du könntest's zum Profi schaffen, wenn du dich ein bißchen mehr anstrengen würdest.«

»Mann, ich übernehme den Betrieb von meinem Vater, wenn ich mit der Schule fertig bin und das Trainingsprogramm hinter mir habe, das er für mich aufgestellt hat.« Dean nahm einen tiefen Atemzug, bei dem sich seine breite Brust dehnte. »Ich sitz dann droben in den Rängen, wenn du dir auf dem Platz den Arsch aufreißt.«

»Würd mir gefallen«, sagte Pete aufrichtig. »Ich glaube, ich habe immer zu hart trainiert, um einen Kumpel zu haben wie dich, und ich hätte gern meinen Kumpel im Publikum. Greg sagt –«

»Magst du Greg?«

»Klar. Er ist der beste Trainer, den ich je hatte. Seit wir hier im Lager sind, hat er mir einiges beigebracht –«

»Ich wette, eine Menge hat er dir noch nicht beigebracht«, grummelte Dean. »Komm, wir besuchen ihn auf 'n Mineralwasser oder sowas.«

»Meinst du, es stört ihn nicht, wenn wir bei ihm reinplatzen?«

»Ach was. Ich komm ständig bei ihm vorbei.«

Dean ging durch die Bäume voran, über eine Lichtung zu den Eingangsstufen einer kleinen Hütte. Ohne auf Pete zu achten, klopfte er fest an die Tür und zupfte dann zwischen seinen Beinen an der Shorts.

Kurz darauf öffnete Greg die Tür. Er war Ende zwanzig, gutaussehend und braungebrannt. Über seine breite Stirn fiel eine dicke Locke schwarzer Haare. Seine dunklen Augen waren auf Dean gerichtet, und er zeigte seine gleichmäßigen Zähne in einem feinen Lächeln.

»Verdammt, Dean, ich habe gerade –« Er bemerkte, daß Pete hinter dem stämmigen Blonden stand. »Hey, Junge, was liegt an?«

»Dean meinte, es sei okay, wenn wir vorbeikommen«, antwortete Pete schüchtern. »Wenn du zu tun hast –«

»Wir haben uns den Arsch aufgerissen«, unterbrach ihn Dean. »Wir haben – ich weiß nicht, dreißig oder vierzig Sätze gespielt. Wir sind vollkommen ausgedörrt, und da dachte ich, du hättest vielleicht was zu trinken für uns.«

»Quatsch!« schnaubte Greg. »Du hast in der ganzen Zeit, wo du im Lager bist, noch keine dreißig oder vierzig Sätze gespielt.« Er schaute Pete an, zuckte die Achseln und grinste dann. »Okay, kommt rein. Ich hab noch was Orangensaft im Kühlschrank.«

Er trug eine lose hängende Trainingshose und ein offenes Sporthemd, unter dem ein Ausschnitt seines flachen Bauchs zu sehen war. Er ging barfuß in die Küche, während Dean und Pete eintraten.

Das Wohnzimmer war klein und bequem eingerichtet. Eine offene Tür führte in das schattige Schlafzimmer dahinter.

»Du hast 'ne schöne Wohnung hier, Trainer«, sagte Pete.

»Danke.« Er brachte zwei Gläser Saft und gab eines jedem der beiden. »Wer hat heute nachmittag das Spiel gewonnen?«

»Du hättest mich beim letzten Punkt sehen sollen!« gab Dean an. »Ich schlug auf, und Pete rannte zum Return ganz weit rüber. Und dann hab ich ihn auf die Vorhandseite gejagt. Beim nächsten Schlag hatte er Glück und bekam den Ball zurück, und ich hab ihm 'nen Schlag quer übers Spielfeld serviert und ging ans Netz.«

»Wer hat gewonnen, Dean?«

»Er, mit seinem verfluchten Lob.« Er trank schnell, den Blick auf Greg fixiert. »Pete hat 'nen super Lob – weiß du, was ich meine?«

»Und ob.« Greg nickte in Richtung der Couch und der Sessel. »Setzt euch hin und entspannt euch, Jungs.«

»Besser nicht«, sagte Pete nachdenklich. »Wir haben ganz schön geschwitzt und verderben dir deine Möbel.«

»Vielleicht könnten Pete und ich 'ne Dusche nehmen«, schlug Dean beiläufig vor, aber sein Blick war immer noch auf Greg gerichtet. »Okay?«

»Klar.« Greg preßte seine dünnen Lippen aufeinander und schaute Dean eindringlich an. »Du kannst Pete zeigen, wo die Dusche ist, wenn ihr euren Saft ausgetrunken habt.«

»Klar.« Dean ließ die freie Hand in den Schoß seiner Shorts fallen und rieb offen über den ausgebeulten Stoff. »Es wird Zeit, daß wir ihm noch 'n paar andere Spiele außer Tennis zeigen.«

»Oder hast du ihm vielleicht schon was gezeigt?«

»Nur das Vorspiel. Das Training kannst du übernehmen.« Dean kicherte und trank sein Glas aus. »Komm, Pete, wir geh'n uns waschen.«

»Hey«, fragte Pete, »wie geht das neue Spiel, Greg?«

Ohne zu antworten musterte Greg Pete ... das struppige sonnengebleichte Haar, die glatten, jugendlichen Züge, die breiten Schultern, den reifenden Körper, die goldbraune Haut über den schlaksigen Muskeln, die leicht behaarte Brust, den Waschbrettbauch, die engsitzende Shorts, die Beule zwischen den Beinen –

»Komm«, wiederholte Dean und zupfte an Petes Arm. »Greg und ich zeigen dir nach der Dusche, wie's geht.«

»Okay.« Pete kippte sein Getränk und gab Greg das Glas. »Der Saft war toll, Trainer!«

Greg hielt das Glas des Jungen und holte tief Atem, wobei sich sein Hemd über den massigen Rundungen seiner kräftigen Brust öffnete. Er hörte die Teenager im Schlafzimmer lachen und herumalbern. Als er sich schließlich umdrehte, erhaschte er einen Blick auf Pete, der Dean ins Badezimmer nachjagte ... nackt ... glatter, brauner Rücken ... blasser Hintern ... Dann verschwanden die beiden, und die Dusche begann zu rauschen.

»Verdammt!« flüsterte Greg bei sich. »Pete ist nicht wie Dean – aber vielleicht hat Dean ja recht!«

Er brachte die beiden Gläser zur Kochnische, füllte sie wieder und trug sie ins Schlafzimmer.

Die Tür zum Bad war halb geschlossen, und die Jungen plantschten unter der Dusche.

Er stellte die Getränke auf dem niedrigen Nachttisch ab und las die verstreute Kleidung auf – Deans teure Shorts, Petes abgetragene Hose und den verschwitzten Jockstrap.

»Laß das!« röhrte Pete aus der Dusche. »Mach das nicht, Kumpel!«

»Scheiße!« antwortete Dean. »Du bist genau so geil wie ich!«

»Klar, aber –« Pause. »Vielleicht ... vielleicht kann Greg uns hören.«

»Na und? Er weiß, daß sich Jungs gegenseitig einen runterholen.«

»Ich – ich weiß nicht. Woher willst du wissen ... der Trainer ...« Wieder eine Pause. »Besser nicht – jedenfalls nicht jetzt.«

Greg hörte sie unter der Dusche herumplantschen. Dann hörte das Rauschen auf.

»Mann!« murmelte Greg lächelnd bei sich. »Sieht aus, als hätte Dean 'nen Gewinner aufgegabelt!«

Aus dem anderen Raum kam das Klatschen von Handtüchern auf nacktes Fleisch. Dann huschte Dean, der sich noch abtrocknete, durch die offene Tür.

»Junge, die Dusche hat gutgetan!« Petes Haar war dunkel vor Nässe, und seine goldfarbener nackter Leib schimmerte im sanften Licht, und der Streifen elfenbeinbleicher Haut betonte das Gewirr weicher Haare zwischen seinen Beinen und die großen Genitalien, die zwischen seinen kräftigen Schenkeln baumelten. »Du hättest mit uns drunterhüpfen sollen, Trainer!«

»Quatsch!« rief Greg mit einem wissenden Grinsen. »Dem Krach nach zu urteilen, waren du und Dean auch ohne mich gut beschäftigt.«

»Wir haben nur rumgealbert.« Pete wich dem Blick des Trainers aus und ließ das Handtuch vor sich auf den Boden fallen. »Dean macht immer so'n Scheiß wie –«

»Quatsch!« rief Dean, der aus dem Bad gestampft kam. Sein knackiger Körper war muskulöser als der von Pete, und sein dicker, halbsteifer Schwanz hüpfte zwischen seinen Beinen. »Wir haben uns einen gewichst, nur daß Pete ausgerastet ist!«

»Jesses!« explodierte Pete, der sich aufrichtete und zu dem jungen Blonden herumfuhr. »Das hättest du nicht sagen brauchen! Jedenfalls nicht vor dem Trainer!«

»Nur die Ruhe«, unterbrach Greg schmunzelnd. »Ich weiß, was –«

»Angsthase!« krähte Dean, wobei er Pete spielerisch schubste. » Angsthase! Angsthase!«

Petes Waden streiften die Kante von Gregs breitem, niedrigen Bett, und er plumpste auf den Rücken. Dean sprang auf ihn und hielt ihn fest.

»Hör auf, Dean! Was machst'n da?«

»Ich bereit dich auf Gregs Spiel vor!« Dean schob sich nach vorn, um sich über Petes Brust zu setzen und seine Arme aufs Bett zu drücken. »Komm, Greg!«

»Ja!« Greg schaute auf den stämmigen jungen Sportler, der nackt und hilflos festsaß. Dann ließ er sich zwischen Petes gespreizten Beinen aufs Bett gleiten. »Ich zeig dir, wie das Spiel geht, Junge!«

»Mannomann!« Pete schluckte schnell, als er spürte, wie Gregs Handflächen sich auf seine nackten Schenkel preßten und nach oben glitten. Er blinzelte zu seinem grinsenden Tennispartner auf seiner Brust auf. »Was – was ist das für ein Spiel, Dean?«

»Greg macht jetzt gleich deinen Schwanz zum Champion ... und wieder zurück bis er weich ist!« Er lachte fast wie ein Junge. »Da fährst du drauf ab, was?«

»Laßt den Scheiß!« Pete zappelte erfolglos, als ihn Gregs Finger zwischen den Beinen streichelte. »laßt mich los, ihr Drecksäue!«

»Genieß es«, flüsterte Greg, der Petes anschwellenden Schwanz und die praller werdenden Eier liebkoste. »Das ist was ganz Besonderes, Junge.«

»Drecksäue! Drecksäue!«

»Was verdammt Besonderes!« Greg beobachtete, wie der Schwengel des Jungen mit langem, dickem Schaft und geblähter Eichel hart nach oben federte. »Jawoll!«

Greg kroch vorwärts und fuhr mit den Lippen über die steife Fleischsäule, um darauf die dicke Eichel in den Mund schlüpfen zu lassen.

»Ahhhh!« stöhnte Pete, als die feuchte Wärme an der Wurzel seines zuckenden Bolzens abwärtswanderte. »Ahhhh – Jesses!«

»Gefällt dir, was?« zischte Dean und beugte sich, Rücken und Hintern Greg entgegengestreckt, über Pete. »Na wie ist's, Partner?«

»Hör auf, Dean ... Nein! ... Nicht!« Pete schnappte nach Luft, als Greg rhythmisch zu saugen anfing. »Auuu ... Mann! ... Herrje! ... Trainer!«

Greg spürte, wie die muskulösen Schenkel des Jungen erzitterten und sich um ihn schlossen, und er saugte den männlichen Kolben bis zum Anschlag in die Kehle.

Kurz darauf explodierte Petes heißer, schwerer Orgasmus aus seiner zuckenden Säule.

Greg trank alles hinunter und saugte nach mehr ... mehr ... mehr!

Noch lange nachdem die starke Flut verebbt war, hielt Greg den immer noch steifen Schaft fest, während er mit einer Hand die schlaffer werdenden Hoden umfaßte. Als er Petes Schwanz endlich losließ, beugte er sich nach unten, um die großen, glitschigen Eier leicht ... zärtlich ... abzulecken.

Dann wich er zurück und schaute Pete an ... die stämmigen, gespreizten Beine ... die schweren, sich entspannenden Genitalien ... den straffen Bauch, der unter den Nachbeben der sexuellen Befriedigung vibrierte ...

Greg ließ den Blick nach oben schweifen und lächelte, als er sah, daß Dean noch immer über Petes Brust hockte. Er hob die Hand, um mit der Handfläche über die schlüpfrigen, runden Backen seines Hinterns zu streichen.

»Dean«, schlug er belustigt vor. »Ich glaube, du kannst jetzt von Pete absteigen.«

»Und ob«, murmelte Pete. »Runter von mir.«

»Okay.« Dean warf sich nach einer Seite auf den Rücken und kicherte, als er den eigenen heißen Schwanz streifte. »Na, wie hat dir Gregs neues Spiel gefallen, Kumpel?«

»Drecksäue!« Pete sprang vom Bett und flitzte durch das Zimmer, um seine Hose aufzuheben. »Das war unfair von euch beiden, sowas mit mir zu machen!«

Greg saß auf der Bettkante und runzelte nachdenklich die Stirn, als er sah, wie der junge Sportler sich anzog.

»Pete –«

»Drecksäue!« wiederholte Pete, der sich halb angezogen in Richtung Tür aufmachte, ohne zurückzublicken. »Bis dann.«

Greg wartete, bis er die Tür zufallen hörte, dann seufzte er und schüttelte zweifelnd den Kopf.

»Vielleicht hast du dich in Pete geirrt, Dean.«

»Scheiße, du hättest den Ausdruck in seinem Gesicht sehen sollen, als du ihm einen geblasen hast!« Kichernd spielte er immer noch mit seinem Ständer. »Ungelogen – eine Minute lang dachte ich, er würd mir einen blasen, als du ihm einen gelutscht hast!«

»Er ist zum Tennisspielen hier«, sagte Greg ruhig. »Er ist nicht so einer von der reichen Bande wie du.«

»Verdammt, es wird Zeit, daß er lernt, daß ein Typ noch mehr machen kann, als Tennisspielen und Wichsen.« Dean krabbelte übers Bett und streckte die Hand aus, um Greg zwischen die Beine zu fassen. »Vielleicht hättest du ihm dein Ding zeigen sollen.«

»Geile Sau!« kicherte Greg. »Willst du das Spiel, das ich Pete gezeigt hab, auch mal probieren?«

»Scheiße, da würd ich dran ersticken! Außerdem weißt du genau, daß ich da nicht drauf stehe.« Er preßte die Finger in den losen Stoff. »Mann, du hast ja 'n höllisch heißen Schwengel da!«

»Den faßt du ja nicht zum erstenmal an.«

»Na, da hast du verdammt recht! Du siehst besser zu, daß du aus der Hose rauskommst, ehe der durchstößt!«

»Gute Idee«, kicherte Greg und schlang sich auf die Füße. »Ab und zu überraschst du mich ja mit deinen guten Ideen.«

»Mann, das erste Mal, als ich mit dir in die Falle wollte, hast du dir fast in die Hosen gemacht!«

»Da hast du recht.« Den nackten Jungen, der ihm aufmerksam zuschaute, anlächelnd, zog Greg das Hemd aus. »Für so schlau hab ich dich gar nicht gehalten.«

»Mann, ich treib's schon seit Jahren mit Jungs.« Dean starrte den hübschen Athleten gierig an. »Du bist echt super, Greg.«

»Na klar«, stimmte er mit amüsiertem Lachen zu. »Wenn ich je so super beim Tennis gewesen wäre wie beim Sex, hätte ich Wimbledon gewonnen.«

Gregs nackter Oberkörper schimmerte im Dämmerlicht wie poliertes Kupfer, sein kräftiger Hals verschmolz mit den breiten, starken Schultern, und unter der straffen Haut zeichnete sich jeder einzelne deutlich gemeißelte Muskel ab. Seine Brust war breit und von schwarzer Seide bedeckt. Die großen, festen Spitzen der dunklen Brustwarzen lagen flach auf beiden Seiten.

Dean noch immer angrinsend machte Greg die Hose auf

und ließ sie fallen. Sein riesiger Schwengel mit dem massiven, adernstarrenden Schaft und der fetten Eichel zuckte befreit.

»Verdammt!« murmelte Dean. »Du hast so ungefähr den größten Schwanz, den ich je gesehen hab. Und die passenden Eier.«

»Wimbledonformat!« kicherte Greg, packte seinen prallen Bolzen und wedelte damit in Deans Richtung. »Willst'e nicht 'n bißchen dran lecken und lutschen, Kumpel?«

»Scheiße, du weißt, daß das nicht mein Ding ist.« Dean ging an der Bettkante auf Hände und Knie und hielt seinen runden Arsch hin. »Fick mich!«

»Aber sicher!« Greg schnickte die Hose von den Beinen und ging zum Nachttisch, um eine Tube Gleitcreme aus der Schublade zu holen. Er verteilte die Salbe auf seinem prallen Schwengel und ging auf Dean zu. »Es wird auch Zeit, daß ich deinen kleinen Hintern wieder mal durchvögle!«

»Ja, fick mich!«

Greg stellte sich hinter Dean auf, packte die Arschbacken des Jungen und spreizte sie ... schob seinen glänzenden Kolben in die dargebotene Spalte ... spürte, wie die Spitze die runzlige Öffnung berührte ... drückte zu – die gebeugten Knie strafften sich – die Eichel drang ein –

»Tut verdammt gut, Dean!«

»Auuu, Mann!« Dean schnappte nach Luft und sank zurück auf den steifen Giganten. »Gib mir's!«

»Und ob!« Gregs kräftige Finger gruben sich in das elfenbeinweiße Fleisch von Deans Hinterbacken. Er zwängte seinen massiven Bolzen tiefer durch den pulsierenden Fleischring. »Verdammt gut!«

»Jaaaa!«

Greg stieß langsam in den japsenden Jungen vor, bis sein

Schoß an dem straffen, glatten Hintern klebte. Dann fuhr er mit den Handflächen über den muskulösen Rücken nach oben und packte die starken Schultern.

»Diesmal fick ich dir die Seele aus dem Leib, Dean!«

Greg scherzte nicht.

Er zog zurück und pumpte mit langen, tiefen Stößen.

Er rammelte seinen Hammer mit kurzen, brutalen Stößen in Dean hinein.Er flammte den Riesenschwengel unbarmherzig in das enge Nest. Das Zimmer hallte von heiserem Keuchen und erregtem Stöhnen.

Gregs Augen verschleierten sich in steigender Lust. Auf seinem muskulösen Körper brach leichter Schweiß aus.

Er kletterte aufs Bett, plazierte die Knie neben die von Dean und rammelte rücksichtslos zu. Er schlang die Arme um Dean und zog ihn in einer Umarmung zurück, während er sich auf die Fersen kauerte.

Mit den Händen strich er über Deans schwer atmende Brust auf und ab.

»Fick!« zischte Dean, der sich gegen den bulligen Trainer zurückdrängte. »Fick mich! FICK MICH! FICK MICH!«

»Na, und ab!« Greg steckte Dean eine Hand zwischen die Beine, packte seinen harten Schwanz und fuhr fort, aggressiv zuzustoßen. »JAAA!«

Dean warf den Kopf zurück und stieß einen erstickten Lustschrei aus, als sein Sperma über Gregs Finger quoll.

Greg schloß die Augen. Einen Augenblick lang stellte er sich vor, er sei mit Pete zusammen ... dem schlanken,tennisbesessenen Kerl, dem er den Schwanz gelutscht hatte –

Und dann verkrampfte sich sein Körper und zuckte unter der erdrückenden Wucht seines Organsmus. Er warf Dean flach aufs Bett und pumpte sein sprudelndes Sperma in die Eingeweide des Jungen.

Von seinem zischenden Atem abgesehen, blieb er aber still.

Als es vorbei war, lagen sie lange schweigend da, der reife Tennisprofi über den erschöpften Jungen ausgestreckt.

»Mann!« murmelte Dean schließlich, »das war bis jetzt der wildeste!«

»Stimmt«, gab Greg ihm ohne Begeisterung zu. Er fühlte sich ausgezehrt und sexuell befriedigt, aber so hatte er sich schon oft bei vielen Jungs gefühlt. »Ich mach mich besser sauber.«

Er stemmte sich hoch und beobachtete, wie sein dicker, glitzernden Schwanz zwischen den bleichen Backen des Jungen herausglitt, dann stand er auf und ging ins Bad.

Er ließ seinen massiven Kolben ins Waschbecken hängen, während er ihn einseifte und Wasser auf seinen verschwitzten Oberkörper klatschte, dann trocknete er sich mit einem der noch immer feuchten Handtücher, die zuvor die Jungen benutzt hatten, ab. Vielleicht war es Petes Handtuch. Als Greg ins Schlafzimmer zurückkam, stand Dean nackt am Nachttisch und trank aus einem der Gläser mit Orangensaft, die Greg dort abgestellt hatte.

»Ich hab dich durchschaut, Greg«, verkündete der Junge und schaute den Mann offen an. »Hat dich mächtig angeturnt, als du Pete einen geblasen hast.«

»Kann sein.« Greg nahm das andere Glas und trank es halb aus. »Und du denkst vielleicht drüber nach, dich an ihn ranzumachen, egal was du für'n Quatsch erzählt, daß du keine Schwänze lutschst.«

»Da steh ich nicht drauf!« sagte Dean nachdrücklich. Dann platzte er heraus: »Außerdem hat er genau so'n großes Gehänge wie du. Ich will doch nicht da dran ersticken!«

»Willst du vielleicht, daß er dich fickt?«

»Scheiße!« Er stellte das Glas ab und hob seine verkrumpelten Klamotten auf. »Ich geh jetzt besser wieder zu mir und ruh mich vor dem Essen noch aus.«

»Und was ist mit dem Trainingsprogramm, das ich für dich aufgestellt hab?«

»Für heute hab ich genug trainiert.« Dean zog seinen Jockstrap und seine Shorts an, danach das Hemd und die Schuhe. »Egal, meine Familie hat dir genug für meine Tennisstunden bezahlt, und da muß ich mich nicht beim Krafttraining abhetzen, wenn ich nicht will.«

»Das ist deine Sache. Wenn du Spitzentennis spielen willst –«

»Da kannst du drauf wetten, daß das meine Sache ist!« Der junge Blonde machte sich arrogant zur Tür auf und brachte noch eine Spitze an. »Vielleicht stell ich dich ja als Tennistrainer ein, wenn ich Daddys Betrieb übernehme.«

Greg wartete ab, bis er die Tür zufallen hörte. Dann zuckte er die Achseln ... entspannte sich ... trank seinen Saft aus ... zog die Laken auf dem Bett glatt ... ging wieder ins Bad ... duschte.

»Verflucht!« murmelte er bei sich selbst, als er sich den Schweiß vom Oberkörper und die schwer hängenden Genitalien schrubbte. »Dean hat vielleicht 'ne Menge Kohle, aber Pete hat auch 'ne ganze Menge Vorzüge.«

Er beendete die Dusche und ging hinaus, um sich rasch abzutrocknen. Seine hübschen Züge und die kräftige Figur glühten im Dämmerlicht. Er schlenderte ins Schlafzimmer und zog eine tiefsitzende Sporthose an.

Eine Weile lang räumte er auf, dann knipste er die kleine Lampe im Wohnzimmer an und machte es sich in einem Sessel bequem. Er ließ eine Hand in den Schoß fallen und schmunzelte.

»Pete zu blasen und Dean zu ficken hat mich noch geiler gemacht als davor!«

Es klopfte an der Vordertür. Er stand auf und zupfte seine Hose zurecht, bevor er öffnete.

»Hi, Greg.«

»Hey, Pete!« Er grinste erfreut. »Komm rein.«

»Danke.« Pete kam ins Zimmer, gestärktes, weißes Hemd, hauteng, und Jeans, die seine Hüften und Beine umschmeichelten. »Ist Dean noch da?«

»Nein.« Greg schloß die Tür und wandte das Gesicht dem Jungen zu. »Was liegt an?«

»Ich war im Studio und hab an dem Gewichteprogramm gearbeitet, das du für mich aufgestellt hast.« Pete musterte den Trainer eindringlich.

»Stimmt was nicht?«

»Ich hab dich noch nie ohne Hemd gesehen«, murmelte Pete. »Meinst du, ich krieg auch mal so 'ne tolle Figur wie du, Trainer?«

»Kann sein.« Greg zögerte. »Schau, mein Junge, wenn dir das, was heute nachmittag passiert ist, Probleme macht –«

»Quatsch, ich bin kein Unschuldslamm!« erklärte Pete heftig, blickte jedoch zu Boden. »Es war nur – also, ich hab schon öfter einen geblasen gekriegt ... ein oder zweimal ... nichts Dolles ... aber heute nachmittag, hat Dean mich festgehalten und mir den Schwanz ins Gesicht geschoben, und – also, deswegen wollte ich auch nicht zurückkommen, solange er noch da ist.«

»Dean bringt's ein bißchen heftig, nehm ich an.«

»Der ist stinkreich! Ich nehm an, der kann sich alles kaufen, was er will, und da hat er sich vielleicht gedacht –« Pete hielt den Kopf gesenkt und scharrte mit dem Fuß.

Er schaute beinahe schüchtern auf. »Können wir nicht

noch mal ins Schlafzimmer, Trainer? Nur du und ich diesmal?«

»Du – du willst?«

»Na klar.«

Sie blickten einander an, der barbrüstige Tennisprofi und der schlanke, junge Athlet. Nach einer ganzen Weile nickte Greg.

»Okay, Pete.«

»Komm!«

Pete machte auf dem Absatz kehrt und rannte ins Nebenzimmer.Greg wartete einen Augenblick unschlüssig, dann folgte er ihm.

Pete hatte schon die Schuhe ausgezogen. Der sanfte Abendschein vom Fenster betonte die reifenden Züge und die Figur.

»Junge«, sagte Greg ruhig. »Als ich in deinem Alter war, war ich ganz auf Tennis versessen und kein bißchen reicher als du ... und ich hab meinen Schwanz und meinen Arsch an jeden Profi verkauft, der mir dafür ‘ne kostenlose Tennisstunde gab.«

»Ich verkauf nichts«, antwortete der Junge mit beinahe unschuldiger Offenheit. »Wenn, dann würd ich ‘n Deal mit Dean machen.« Er holte tief Atem. »Wie ich gesagt hab, hier geht’s nur um dich und mich.«

Das Dämmerlicht tanzte über Gregs braungebranntes, hübsches Gesicht und den männlichen Oberkörper, und in den Schatten zeichneten sich die muskulösen Rundungen und Täler ab. »Geht klar, Kumpel.« Er erwiderte den starrenden Blick des Jungen mit seinen dunklen Augen, hob die Hände und fing an, Petes Hemd aufzuknöpfen. »Hier geht’s nur um dich und mich!«

»Ja!«

Greg öffnete das Hemd, zog es aus der engen Jeans und ließ es über Petes Arme gleiten. Beim Anblick der Miene des jungen Sportlers grinsend, fuhr er mit den Fingerspitzen über die breite, sich hebende und senkende Brust, die festen Brustwarzen, den straffen Waschbrettbauch, den niedrigen Bund der Jeans. Ohne Hast öffnete er die Knöpfe des Hosenschlitzes und kicherte leise.

»Du trägst diesmal gar keinen Slip oder Jockstrap.«

»Ich hab meinen Jockstrap heut nachmittag hiergelassen«, gestand Pete. »Ich – ich wollte ihn als Vorwand benutzen zurückzukommen – hab's aber vergessen.«

»Du brauchst doch keinen Vorwand, Kumpel.« Er senkte den Blick und sah zu, wie seine Hände sich an der Jeans, abwärts über die schlanken, festen Oberschenkel, an den reifen Schwanz mit der prallen Eichel preßten, der aus dem dichten Nest drahtiger Schamhaare am Unterleib des Jungen hochzuckte. »Da!«

»Ich bin dran!« verkündete Pete begeistert und riß die Hände nach oben, um heftig atmend Gregs breite Brust zu streicheln. »Ich muß noch 'ne Menge arbeiten, bis ich so 'ne tolle Figur hab wie du!« Eifrig untersuchte er den kraftvollen, männlichen Oberkörper und arbeite sich nach unten vor, bis er an die Sporthose kam, die auf den schmalen Hüften des Trainers hing. Plötzlich zögerte er. »Okay, Trainer?«

»Und ob!« zischte Greg. Dann kam er an die Reihe, zu zögern. Er runzelte die Stirn, als er Petes zuckendes Gerät sah, die Finger, die langsam über seinen Bauch strichen, und den anschwellenden Ständer in seiner Hose spürte. Er atmete aus und sprach ruhig. »Du bist dran, Pete.«

»Gut!« erklärte Pete, riß die Kordel auseinander und ließ die Hose fallen. »Jesses! Was für'n Riesenteil!«

»Scheiße, deiner ist fast genau so groß«, kicherte Greg.

Pete kam näher, um mit jugendlicher Begeistertung die pralle Eichel seines Ständers an die von Greg zu pressen, dann fuhr er zurück. »Hey, wie wär's wenn ich mich aufs Bett lege wie heut nachmittag?«

Ehe Greg antworten konnte, schnickte Pete die Jeans von den Beinen und legte sich rücklings aufs Bett. Unverhohlen musterten sie einander. Greg zog sich die Sporthose über die Füße und näherte sich langsam dem Bett.

»Soll ich dir einen blasen wie heute nachmittag, Pete?«

»Klar, nur – naja, vielleicht könnten wir's diesmal ein bißchen langsamer machen?«

Das sanfte Licht schimmerte auf den zerzausten Haaren des Jungen, seinen vor Eifer glühenden Zügen, seiner hartgemeißelten Brust, dem straffen Oberkörper, den gespreizten Beinen, dem zurückgebogenen steifen Schwanz, den freiliegenden prallen Hoden ...

Greg starrte Pete an und begriff. Er schob sich neben ihn aufs Bett.

»Diesmal machen wir's langsamer,« raunte er und ließ die Finger leicht über Petes sich hebende und senkende Brust gleiten. »Wir machen so langsam, wie du willst, Junge.«

»Jesses, tut das gut! So wie du da so rumreibst und –« Urplötzlich setzte er sich auf, mit blitzenden Augen und erregt. »Laß mich's bei dir versuchen, Trainer!«

Pete legte sich neben Greg auf die Seite und legte ihm die Hand auf die Brust. Er streichelte über die Kurven in der Mitte zu den breiten, dunklen Brustwarzen und wieder zurück.

»Mann!« seufzte Greg. »Das ist toll!«

»Und wie!« Pete drehte sich nachdenklich, während seine Finger über Gregs Waschbrettbauch nach unten wanderten. »Wird's dich stören, wenn ich auch so viel Haare kriege wie du?«

»Das einzige, was mich stören könnte, ist, wenn du nicht weiter an deinem Tennis arbeitest.«

»Okay«, stimmte Pete ihm schlicht zu und ließ die Hand in den Schoß des Trainers gleiten, um seine massigen Eier zu befingern und dann seinen riesigen, erregten Schwanz zu packen. »Jesses! Dein Schwengel fühlt sich genau so gut an, wie der Rest von dir!«

»Mann!« stieß Greg hervor, dann hob er den Kopf und sah, wie Petes Faust, deren Finger kaum um den prallen Schaft herumreichten, ihn zärtlich wichsten. »Mein verdammter Pimmel ist hart wie Stein!«

»Meiner wurd genau so, als du damit rumgemacht hast.« Plötzlich federte Pete auf die Knie. »Hey, ich will das versuchen, was du gemacht hast.«

Pete schwang sich herum, um sich über Gregs Beine zu hocken, und beugte sich, ohne zu zögern, nach unten, um mit den Lippen über den starren Bolzen des Mannes zu fahren, vorsichtig zuerst und dann gieriger. Greg krampfte sich zusammen, als Pete die pralle Eichel liebkoste. Ein befriedigtes Stöhnen drang ihm aus der Kehle, als sein Schwanz in den warmen, feuchten Mund gesogen wurde.

Pete pumpte den unteren Teil des Masts, während er mit der Zunge die Eichel ableckte und erforschte. Er zitterte vor Aufregung, als ihm der satte, männliche Geschmack in die Kehle drang. Selbstbewußter sog er noch mehr von der zuckenden Ramme in seinen Mund und saugte sich zögernd, dann sicherer, immer weiter über den Schaft, bis seine Lippen auf seine verkrampften Finger trafen.

Greg wand sich unter den vielfältigen Empfindungen, und seine Hände fielen auf Petes starke Schultern.

»Junge!« zischte er von sexueller Gier durchströmt. »Ja! Verdammt gut!« Seine Worte blieben ihm in der Kehle stecken, und er umarmte den jungen Sportler fest. »Es geht los! Gleich – Jaaaa! Pete!«

Der erste heiße Spermaschwall schoß dem Jungen in die Kehle, der sich bemühte, die fremdartige Flüssigkeit zu schlucken. Er hörte Gregs erstickte Lustschreie und spürte, wie der Mann sich unter ihm wand – und er kämpfte, um immer mehr von dem explodierenden Strom zu trinken.

Greg wand und zappelte in den Klauen orgasmischer Lust ... spritzte im Rausch der Befriedigung ... und wurde allmählich ruhig. Pete lag noch immer mit dem Mund über dem Schwanz zwischen seinen bebenden Schenkeln.

Pete löste die Hand von der Wurzel des immer noch steifen Mastes und drückte tiefer, bis die glitschige Eichel an seinem Gaumen schabte, dann wich er schnell zurück und warf sich mit dem Gesicht auf Gregs Bauch.

»Jesses!« stieß er hervor. »Ist gar nicht so leicht, wie's aussieht.«

»Das war ganz toll, Partner!«

»Ich muß noch üben, damit ich's richtig mache.« Pete rutschte herum, so daß der schwere Pimmel des Mannes unter seiner kräftigen Brust gefangen war. »Jedesmal, wenn ich's versuche, will ich mehr von deinem Schwanz reinkriegen, bis ich ihn ganz runterschlucken kann, so wie du bei mir.«

»Mann!« Greg richtete sich auf und schaute auf Pete hinunter – dessen Kopf an seinem Bauch ruhte und dessen jugendliche Arme um ihn geschlungen waren, der sonnengebräunte Leib lag zwischen seinen muskulösen Beinen, und der elfenbeinbleiche Arsch schimmerte hochgereckt im dämmrigen Licht. »Junge, ich will, daß du nichts tust, was du nicht willst.«

»Hey, das weiß ich doch.« Pete krabbelte nach oben, um

sich auf dem nackten Mann auszustrecken, und kicherte zufrieden, während er seinen kräftigen Hals streichelte. »Vielleicht hab ich ja drauf gewartet, daß du mich noch in was anderem trainierst als Tennis.«

»Verdammt–« Greg entspannte sich gemächlich, jeden Muskel einzeln. Dann schlang er die Arme um den willigen Jungen, der auf ihm lag. »Tennis geht vor.«

»Klar.«

»Du hast alles, was es zu einem Meisterspieler braucht, Pete«, sagte Greg ernst. »Ich möchte dich weiter trainieren, wenn das Lager zuende ist.«

»Das würd mir auch gefallen ... aber – du weißt ja – meine Familie hat nicht so viel Geld wie die von Dean.«

»Irgendwie hast du an Deans Geld ‘nen Narren gefressen, Kumpel.«

»Man braucht halt Geld für Tennisstunden«, stellte Pete beinahe schmerzlich fest. Dann blickte er Greg in die Augen. »Hast du Dean schon mal in den Arsch gefickt?«

»Mann!« Greg blinzelte verblüfft. »Was, zum Teufel, weißt du denn übers Arschficken?«

»Dean hat darüber erzählt – über ‘ne Menge von so’m Zeug.« Er ließ den Kopf wieder auf Gregs Schulter fallen. »Wenn ich gelernt hab, deinen Schwanz ganz runterzuschlucken, dann kann ich vielleicht damit anfangen, ihn in den Hintern zu kriegen.«

»Mal sehen.« Greg legte sich zurück und holte, plötzlich ernst geworden, tief Atem. »Ich hab dir schon erzählt, daß ich in deinem Alter meinen Schwanz und meinen Arsch für Tennisstunden verkauft hab. Wenn’s das sein sollte, worauf du anspielst, mein Freund–«

»Nein!« murmelte Pete aufrichtig. »Ich will ein so guter Tennisspieler werden wie du ... und ich will Sex mit dir haben – und zwar richtig ... aber ich kauf oder verkauf nichts, verflucht!«

»Da hast du auch verdammt recht!« Greg streichelte Petes Schultern und den Rücken, dann ging er tiefer, um die glatten, festen Arschbacken in die Hand zu nehmen. »Geh nie bei 'nem Stricher auf den Strich, Junge.«

»Mach ich auch nicht.«

Kichernd rollte Greg Pete auf den Rücken und starrte auf ihre nackten Körper nieder, seinen eigenen festen Leib neben dem des Jungen.

»Das hab ich schon öfter gehört, Pete.«

»Aber nicht von mir!«

Beide Männer blickten sich einander herausfordernd in die Augen.

Und jetzt war es an Greg, zu begreifen.

»Wimbledon, Pete?«

»Den ganzen Weg, Trainer!«

»Wir beide?«

»Und keinen andern!«

GEHEIMGESELLSCHAFT

Das Nelson College bietet ein einzigartiges Programm individuell gestalteter Ausbildung, kombiniert mit sportlichen und gesellschaftlichen Aktivitäten an. In einem verlassenen Tal zwischen kiefernbedeckten Hügeln, etwa fünfzehn Meilen von der nächsten Ansiedlung (Millhaven, 273 Einwohner) entfernt gelegen, bietet Nelson seinen Studenten die beste Gelegenheit zur persönlichen Entfaltung in einer freundlichen, verständnisvollen Atmosphäre.

Cliff kniff gegen die Spätnachmittagssonne die Augen zusammen, als er die Jungs in Shorts um die Aschenbahn vor der Sporthalle laufen sah. Er war Mitte dreißig, hatte kurzgeschnittene blonde Haare, und sein Gesicht war braungebrannt und markant. Sein T–Shirt und die Sporthose betonten die muskulöse Figur.

»Ruf sie her, Dean«, sagte er zu dem Mann, der neben ihm stand. »Wir machen Schluß für heute.«

»Okay, Cliff.«

Dean hob die Pfeife an die Lippen, stieß einen schrillen Pfiff aus und winkte den jungen Sportlern. Er war zehn Jahre jünger als Cliff. Sein braunes Haar war in lockeren Wellen zurückgekämmt, sein Gesicht war sonnengebräunt, und wie Cliff trug er ein T–Shirt und eine ausgebeulte Sporthose.

»Du hast die Jungs heute tüchtig trainieren lassen«, sagte Cliff. »Gewöhnst du dich an den Job?

»Denk schon.« Dean lächelte gut gelaunt. »Du hast mich gewarnt, Nelson sei eine ganz eigene Welt, als du mich an der State University aufgesucht hast.«

»Der Trainer hat mich ganz ähnlich gewarnt, als er mich einstellte. Der andere Assistent, den wir letztes Jahr hatten, hat's nicht auf die Reihe gekriegt. Er war 'n Großstadtkind.«

»Mann, mir gefällt es hier draußen am Arsch der Welt«, gestand Dean und zuckte die Achseln. »Andererseits gibt es auch Zeiten, wo ich die hellen Lichter und das Leben vermisse.«

»Kribbelig?«

»Manchmal.« Er leckte sich verlegen die Lippen.

»Geil, Kumpel?« Cliff lachte munter. »Bis nach Millhaven sind's 15 Meilen, und Action gibt's dort verdammt wenig. Und bis zur Stadt ist's 'n ganzer Tag im vollbesetzten Bus.« Er klopfte Dean kameradschaftlich auf die Schulter, während sie in Richtung Gebäude schlenderten, und zog die Hand erst weg, als sie den Umkleideraum betraten. Hier wieselten, Witze reißend und fluchend, die jungen Sportler durcheinander, einige nackt auf dem Weg zur Dusche, andere schon frisch geschrubbt auf dem Rückweg.

»Mann!« kicherte Cliff. »Ich find's jedesmal scharf, wie unbekümmert die Kerle im Umkleideraum sind. Das ist vielleicht einer der Gründe, warum ich mich entschieden hab, Trainer zu werden.«

»Ich weiß, was du meinst, Mann«, stimmte Dean ihm grinsend zu. »Hat schon was, nach dem Training hier rumzurennen und sich auszuziehen–« Er betrachtete einen großen, schlanken Jungen, der auf eine der Nischen mit den Spinden zuging. »Heb das Handtuch auf, Bill!«

»Ja, Sir!« Der Junge hob das Handtuch auf, das er hatte fallenlassen und richtete sich stirnrunzelnd wieder auf. »Werd nicht sauer, Dean.«

»Ich bin nicht sauer. Ich will nur nicht, daß ihr hier Sauerei macht.« Er wandte sich ab, bemüht ein Lächeln zu verbergen. »Scheiße, zieh dich an, und schieb deinen Arsch hier raus.«

»Geht klar!« Er kauerte sich in die Nische. »Was du willst, Dean!«

»Hey«, murmelte Cliff und versetzte Dean einen Stoß in die Rippen. »Bill hat 'n Anfall von Heldenverehrung.«

»Wie kommst du denn darauf?«

»So wie er drauf angesprungen ist, als du ihn angefahren hast. Sein Blick. Wie er sagte *was du willst.* Also ich wette, der würde alles tun. Weist'e was ich meine?«

»Ich – ich glaube nicht.«

»Du wirst dich dran gewöhnen, wenn du länger hier bist. Mann, als ich in Bills Alter war, gab's nichts, was ich für meinen Trainer nicht gemacht hätte. Nichts.« Cliff entdeckte einen stämmigen Blondschopf, der auf sie zukam. »Na, wie läuft's, Robby?«

»Hau ab!« knurrte der Student. »Du bist 'ne Drecksau, Cliff!«

»Immer noch sauer auf mich, Kumpel?«

»Und ob!« Er griff sich an das volle Paket in seiner Shorts, wobei er den Mann starr anblickte. »Du weißt genau, daß sich die Serpents auf mich stürzen würden, wenn die gesehen hätten, was du gemacht hast.«

»Das hast du bekommen, weil du Mist gebaut hast.«

»Schwachsinn!« Robby wandte den Blick zu Dean und mußte beinahe grinsen. »Muß voll die Scheiße sein, mit so 'ner Drecksau wie Cliff zu arbeiten!« Er machte auf dem Absatz kehrt und marschierte davon.

»Was war das denn?« fragte Dean kurz darauf.

»Robby hat letzte Woche Mist gebaut. Ich hab ihm mit 'nem Paddle den Arsch versohlt.« Cliff schaute zu, wie der stämmige Kerl in den Schatten verschwand.

»Der kommt schon wieder klar.«

»Wer sind die Serpents?«

»Eine geheime Bruderschaft. Meistens Sportler. Blödmänner. Riesensache.« Er zuckte abschätzig die Achseln. »Wenn die sehen, daß ein Kerl ‘n paar auf den Hintern gekriegt hat, dann setzt es gewöhnlich noch ‘n bißchen mehr.« Er schnaubte. »Mann, hat Robby Glück, daß der Hohe Rat ihn nicht erwischt hat.«

»Der *Hohe Rat*?«

»Die Obermacker bei den Serpents«, erklärte Cliff. »Irgend so ‘ne Bande von Dumpfbacken im Hauptstudium. Nur wer das Initiationsritual durchgestanden hat, weiß, wer die anderen Mitglieder des Hohen Rats sind.« Er wandte sich wieder grinsend an Dean. »Ich nehme an, das ist so eine von den *gesellschaftlichen Aktivitäten*, für die Nelson nicht wirbt.«

»Bestimmt.« Er starrte zu Boden und beobachtete seine Schuhspitze, die in den feuchten Zement scharrte. »Zu was haben die Serpents Robby denn gezwungen?«

»Zum Ausziehen. Du weißt schon, Sex. Nichts wahrscheinlich, was er nicht vorher schon gemacht hatte.« Immer noch lächelnd ging Cliff durch die Hauptreihe des Umkleideraums. »Komm, wir schließen ab und genehmigen uns noch einen, bevor wir die Arbeitsklamotten ausziehen.«

»Klar.«

Das war ihr üblicher Tagesabschluß. Die beiden Männer gingen durch den Umkleideraum, um die Jungen zu veräppeln und sie zur Eile anzutreiben. Dann bogen sie in den weißgefließten Korridor ein, der zur Dusche führte. Der Handtuchbereich auf der einen Seite und die Toilette gegenüber davon waren leer, aber aus der Dusche war das Rauschen von Wasser zu hören. Automatisch sahen sie nach.

Ein schwarzhaariger Bulle stand alleine unter einer der Brausen und seifte sich gemächlich ab. Seine breiten Schultern gingen in die muskelbepackten Hügel und Täler seines kräftigen Rückens über. Die festen Rundungen seines olivfarbenen Arschs waren glatt und leuchteten.

»Hey, Link«, rief Cliff. »Bist du bald fertig?«

»Nein, Mann.« Link blickte über die Schulter auf die beiden Männer, wobei ihm seine feuchten Haare in die breite Stirn fielen. Ein breites Lächeln erhellte seine hübschen Züge. »Ihr Mistkerle habt mich echt zum Schwitzen gebracht heute.« Sein Blick blieb auf Dean hängen. »Wie geht's?«

»Okay«, antwortete Dean. »Mach zu, hm?«

Link drehte sich um und achtete nicht weiter auf die Männer, während er die hartgemeißelten Flächen seiner Brust schrubbte. Einige schwarzseidene Strähnen erstreckten sich zu beiden Seiten in Richtung der breiten Brustwarzen mit den dunklen Spitzen. Der Streifen weißer Haut an seinen Hüften hob deren Schlankheit hervor. Er schaute an sich hinab und beobachtete seine Finger, die über seinen festen, flachen Bauch hinweg zu seinem frei pendelnden Schwanz glitten, und schob die schlaffe Säule zur Seite, um sich die prallen Hoden zu waschen.

»Dean und ich wollen saubermachen«, sagte Cliff gelassen. »Sieh zu, daß die Jungs keine Sauerei im Umkleideraum hinterlassen, Link.«

»Okay.« Er packte seinen Schwanz und seifte ihn unbekümmert ein, wobei er die Faust vor und zurück schob, so daß die dunkelrote Eichel zwischen seinen Fingern hervortrat. »Paß ich nicht immer auf, daß alles in Ordnung ist?«

»Scheiße!« knurrte Cliff und drehte sich um, um, gefolgt von Dean, durch den Korridor zurückzugehen, und schnaubte, als sie außer Hörweite waren.

»Link ist ‘n verfluchter Angeber.«

»‘N hübscher Kerl.«

»Damit hat er nicht angegeben, und daß weißt du ganz genau«, kicherte er, während sie durch den Umkleideraum auf die mit NUR PERSONAL gekennzeichnete Tür zugingen. »Der hat ‘n Schwengel wie sonst kaum einer.«

»Ich – ich glaub schon.«

»Und ob!« Cliff öffnete die Tür, und sie betraten einen Flur mit Büros an den Seiten. »Und er hat schon die meisten der Jungs drangekriegt.«

»Wie meinst du das?«

»Ficken und Blasen.« Er betrat ein sonnendurchflutetes Büro mit der Aufschrift TRAINERASS. und schloß die Tür hinter ihnen. »Ich hab ihn erwischt, als er sich mal unter der Dusche einen hat blasen lassen.«

»Und was hast du gemacht?«

»Nichts.« Er holte aus der untersten Schublade des Schreibtischs eine Flasche Whiskey und zwei Gläser. »Ich dachte mir, daß Link den anderen Kerl nicht einfach so vergewaltigt. Und außerdem war’s irgendwie scharf, zu sehen, wie er dem Schwanzlutscher sein Ding reingeschoben hat.« Er goß ein und hielt Dean ein Glas hin. »Schon mal gesehen, wie ‘n Kerl sich einen hat blasen lassen?«

»Weiß nicht«, antwortete Dean unsicher. »Kann sein.«

»Wie ich schon sagte, Link ist ‘n Angeber.« Cliff probierte seinen Drink und entspannte sich. »Scheiße, die meisten von den Jungs treiben’s miteinander, vor allem hier draußen in Nelson. Holen sich einen runter. *Sexuelles Experimentieren.* Lassen sich einen blasen.« Er lachte in sich hinein. »Ich erinnere mich noch verdammt gut an mein erstes Mal Blasen. Ob du’s glaubst oder nicht, es war mein Footballtrainer am College.«

»Ehrlich?«

»Ungelogen. Wir hatten außerhalb ein Spiel, und der Trainer hat mich als seinen Zimmergenossen eingetragen. Ich dachte, er sei der König der Berge – du weißt ja, wie man als Junge über seinen Trainer denkt. Als wir in die Falle gingen, fing er an, über Sex zu reden und wie ich aufgewachsen sei und alles. Und fing an, rumzuspielen – weißt schon, mich zu massieren und mich aufzugeilen.« Cliff wandte sich zum Fenster, den Rücken Dean zugekehrt. »Und dann hat er sich über mich hergemacht.«

»Allmächtiger!«

»Mann, ich hatt' nichts dagegen. Ehrlich gesagt, war's irgendwie Spitze, es vom Trainer derart besorgt zu kriegen.« Er machte eine Pause, um einen Schluck zu trinken. »Wie war's bei dir, als du zum erstenmal einen geblasen gekriegt hast, Dean?«

»Das war ganz sicher nicht mit meinem Trainer!« brach es aus Dean hervor, der seine übliche Zurückhaltung aufgab. Er brach ab, um zu trinken und zuckte dann die Achseln. »Okay, die meisten Jungs experimentieren also rum.«

»Na klar.«

»Da war so ein Typ«, fuhr er nach einem Räuspern fort. »Pete. Ich wohnte im ersten Jahr zusammen mit ihm auf einem Zimmer. Wir wollten der gleichen Studentenverbindung beitreten, und nach dem Aufnahmeritual waren wir echt breit. Wir waren oben auf seinem Zimmer, und er sagte, ich soll die Hose runterlassen und mich vorbeugen, damit er die Abdrücke des Paddles auf meinem Hintern untersuchen kann.« Seine Stimme schwächte sich zu einem kaum hörbaren Murmeln ab. »Ich machte, was er sagte. Er mußte seine Latte schon eingecremt haben, denn er steckte sie in mich rein. Scheiße – zuerst tat es weh, und – na du weißt schon.«

»Dir hat's gefallen.«

»Irgendwie schon.« Dean trank mit einem einzigen Schluck aus. »Mann, am nächsten Tag hat er sich entschuldigt, und ich sagte, ich könnte mich ja revanchieren und hab ihn in den Hintern gevögelt. Am Ende wohnten wir zusammen bis zum Abschluß.«

»Deshalb turnt dich auch so 'n leckerer kleiner Arsch wie der von Link an, hm?« Cliff kicherte und ging, ohne eine Antwort abzuwarten zur Tür. »Komm mit.«

Sie gingen schweigend durch den Flur, und Cliff ging voran in eine kleine Garderobe. Er ging weiter bis zur Dusche und machte am Eingang halt und schaute sich um. Er leckte sich die Lippen, als er sah, wie Dean an einem der Spinde das Hemd auszog, und lächelte in sich hinein.

Aus allen gekachelten Wänden ragten Duschköpfe. Cliff suchte sich einen aus, stellte das Wasser auf warm und stellte sich darunter. Mit geschlossenen Augen drehte und wand er sich, um überall naß zu werden. Er hörte Dean hereinkommen und die Dusche ihm gegenüber aufdrehen. Er blinzelte und faßte seinen nackten Leib an, nahm ein Stück Seife aus dem Wandhalter und fing an, sich einzuseifen. Schließlich wandte er sich zu Dean um.

Dean hatte eine knackige, athletische Figur, kräftig und muskulös. Seine breite Brust war mit einem feinen Gespinst brauner Haare bedeckt. Ein Streifen weißer Haut markierte seine Hüften, und sein schlanker Schwanz hing über seinen Hoden in einem runzligen Sack. Sein Blick war auf Cliff fixiert.

»Was glotzt du denn so?« fragte Cliff beiläufig.

»Ich hab grade drüber nachgedacht, du weißt schon, als du zur State kamst, um mit mir über den Job als Trainer hier in Nelson zu reden.« Er nahm ein Stück Seife und beugte sich nach vorn, um seine massigen Oberschenkel einzuseifen. »Ich hatte mich schon mit Leuten von 'ner ganzen Reihe anderer Unis unterhalten, aber du warst der einzige, der unter der Dusche mit mir geredet hat.«

»Ich dachte mir, wir würden eher Tacheles reden, wenn wir beide nackt wären.« Er grinste beim Anblick von Deans männlich nacktem Körper. »Du mußt dich ja nicht grade verstecken, Kumpel.«

»Du aber auch nicht.«

»Andererseits bist du auch nicht so'n Angeber wie Link.«

»Ich wär's vielleicht, wenn ich 'n Gehänge hätte wie der.«

»Ich dachte, du seist zu sehr damit beschäftigt, dir den Arsch anzuschauen, um auf sein Ding zu achten«, witzelte Cliff, amüsiert über die Art, auf die Dean sein Interesse an Männersex bekundete.

»Vielleicht solltest du am Wochenende mit uns zur Trainerhütte raufkommen.«

»Was geht da ab?«

»Wir machen da 'ne Art Freizeit mit dem Hohen Rat der Serpents. Am nächsten Montag wird's 'ne Menge Hintern mit Sonnenbrand und abgeschlaffte Kerle geben.«

»Echt?«

»Mann, das mein ich ja mit *Freizeit*. Die Hütte liegt drüben in den Hügeln, wo niemand sehen kann, was passiert, und wir ziehen uns alle aus und lassen's uns gutgehen. Suff. Sex. Was du willst.«

Cliff duckte sich wieder unter den Wasserstrahl, duschte sich ab und ging zurück in die Garderobe. Er nahm ein Handtuch vom Stapel vor der Duschkabine und fing an, sich abzutrocknen. Sich dessen sicher, was er tat, lächelte er wieder in sich hinein.

Dean kam aus der Dusche, um sich abzutrocknen, und

Cliff bemerkte, daß der Schwanz des jungen Mannes halb steif war.

»Cliff – äh – das Wochenende da in der Trainerhütte. Wer wird da mitkommen?«

»Der Trainer. Ich. Der Hohe Rat.«

»Link?«

»Kann sein.« Cliff trocknete sich gemächlich die Genitalien. »Man muß ein Aufnahmeritual bestehen, bevor man erfährt, wer im Rat ist. Meinst du, du schaffst das?«

»Mann, mir hat auch die Aufnahme bei der Studentenverbindung in State nichts ausgemacht.«

»Das da ist wohl eher wie deine Session mit deinem Kumpel danach.« Grinsend streckte er die Hand aus und griff nach Deans Schwanz. »Die geilen Macker dort machen dich fertig, Kumpel. Und umgekehrt.«

»Jesses!« Dean zögerte, dann bewegte er die Hand, um nach Cliffs Schwengel zu greifen. Seine Stimme wurde vor Sexhunger schwer. »Wie wär's – du weißt schon, wie wär's mit 'ner kleinen Runde gleich jetzt?«

»Heb dir's besser fürs Wochenende auf.« Cliff trat zurück und schlang sich das Handtuch um die Hüften, während er sich zur Tür aufmachte. »Ich sag dem Trainer Bescheid, daß du mitkommst.«

»Sag mal, Cliff. Wo bist du eigentlich aufs College gegangen?«

»Na, genau hier in Nelson.«

»Und der Trainer, von dem du mir erzählt hast? Ist der immer noch da?«

»Du kommst auf den Trichter, Partner.« Cliff schaute sich um, grinste über Deans Nacktheit und seinen halbsteifen Schwengel. »Nimm deine Vitamine. Du wirst deine ganze Kraft brauchen.«

»Gottverdammich!«

In sich hineinkichernd verließ Cliff die Garderobe und ging durch den Flur zu der Tür, die mit TRAINER gekennzeichnet war. Die Jalousien waren geschlossen, und das große Büro lag im Schatten. Hinter dem Schreibtisch saß ein bulliger Mann mit rauhen, verwitterten Zügen und von grauen Strähnen durchzogenen dunklen Haaren.

»Was liegt an, Trainer?« fragte Cliff, während er die Tür hinter sich schloß.

»Link und ich haben die Einzelheiten fürs Wochenende geklärt«, antwortete der Trainer und nickte dem hübschen, nacktbrüstigen Jungen, der ihm gegenüber im Sessel lag, zu. »Wo warst du?«

»Hab mit Dean geduscht. Setz ihn mit auf die Liste.«

»Hast du ihn ausgecheckt?«

»Klar.« Cliff grinste den vierschrötigen Trainer an. »Ich hab ihm erzählt, wie du mich vergewaltigt hast.«

»Scheiße, wenn das 'ne Vergewaltigung war, dann aber gegenseitig!«

»Egal. Dean weiß, wo's langgeht.« Cliff wandte sich an Link. »Er findet dich sexy, Kumpel. Er ist scharf auf deinen Arsch.«

»Erstmal geht's um seinen Arsch, wenn er am Wochenende aufkreuzt.« Link faßte sich in den Schritt seiner tiefhängenden Jeans. »Dem hat's überhaupt nichts ausgemacht, mir auf den Schwengel zu glotzen, als ich unter der Dusche war, was?«

»Und dir hat's überhaupt nichts ausgemacht, alles herzuzeigen«, antwortete Cliff. »Das hab ich ihm auch gesagt, daß du 'n Angeber bist.«

»Irgendwas dagegen?«

»Ach wo.« Er lachte und streckte die Hand aus, um dem

Jungen durchs Haar zu wuscheln, dann wurde er wieder ernst. »Wir planen besser ein Aufnahmeritual für Dean ein. So wie er geredet hat, ist er scharf auf ‘ne Menge Action.«

»Na denn.«

»Ich glaub, ich schau mal, ob er nach Hause mitgenommen werden will«, murmelte der Trainer, sprang auf und ging zur Tür. »Schließt ab, wenn ihr geht.«

»Klar.« Cliff wartete, bis der Mann gegangen war und sagte dann zu Link: »Der Trainer ist geil. Hast du's ihm nicht besorgt, als ich mit Dean zusammen war?«

»Sicher, aber der ist wie du.« Link stand auf und reckte sich, wobei sein fester Körper im sanften Licht schimmerte. »Das erstemal bringt ihn nur in Fahrt.« Er ging zur Tür und schloß ab. »Hast du's mit Dean getrieben?«

»Nein, ich hab ihm gesagt, er soll seine Ladung für euch Serpents aufsparen.« Er runzelte die Stirn über den hübschen Jungen. »Was machst du da eigentlich, Kumpel?«

»Einmal darfst du raten.«

Er fing an, die Hose aufzumachen. Sein Schwanz federte hart und vor Hitze glühend nach oben. Cliff grinste beim Anblick der riesigen Latte.

»Hat dich wohl aufgegeilt, dem Trainer einen zu lutschen, Link.«

»Mich geilt alles auf.« Er stellte sich vor Cliff hin und fuhr mit den Handflächen über die feste Brust des Mannes. »Vor allem du, verflucht.«

»Gleichfalls.«

»Weißt du noch, das erstemal?« Er blickte Cliff offen an, während er mit den Händen nach unten zum Handtuch ging und es abnahm.

»Ich erinnere mich an jedes Mal, wenn wir's miteinander getrieben haben.«

»Ich hab mir fast in die Hose gemacht, als ich sah, wie groß dein Ständer ist.« Ohne die Augen abzuwenden, ließ Link seine Finger in Cliffs drahtige Schamhaare gleiten und umfaßte seinen steifen Schwengel. »Schlaff siehst er ungefähr durchschnittlich aus; aber wenn du scharf wirst, kriegst du 'nen echten Riesenhammer. Ich frag mich, was passieren würd, wenn mein Pimmel so anschwellen würd.«

»Das ist jedesmal passiert, wenn wir Schwanzvergleich gemacht haben. Jedesmal wenn wir uns zusammen ausgezogen haben. Jedesmal wenn wir–« Er holte schnell Atem und fiel auf die Knie. »Genau wie jetzt!«

Cliffs Bolzen reckte sich nach vorn. Link packte die Säule an der Wurzel und führte die glühende Eichel an die Lippen. Er knabberte an der Spitze, saugte die hervorquellenden Lusttropfen in den Mund, züngelte an dem glänzenden Knoten, streichelte den geäderten Schaft, den er so drehte, daß er jeden Zentimeter ablecken konnte, und sog die starre Säule schließlich langsam und willig bis zum Anschlag in den Mund!

Cliff holte tief Atem und packte Link am Kopf, um ihn lange gegen seinen Schoß zu pressen. Dann drückte er den Jungen wieder auf den Teppich, kniete sich, den steifen Hammer noch immer halb im warmen Mund des Sportlers vergraben, über seine Brust. Link schaute mit leuchtenden Augen auf. Er schlang die Arme um die Hüften des Mannes und richtete sich auf, um das mächtige Gerät erneut zu schlucken.

»Dreckiger Angeber!« knurrte Cliff, während er Links Haar streichelte. Dann ließ er von dem jungen Sportler ab und drehte sich, den Schwengel immer noch zwischen den saugenden Lippen, so, daß er neben ihm lag. »Mann, dein geiles Ding braucht's genauso wie meins.«

Links praller Schwanz mit dem glänzenden Strang an der Unterseite lag flach an seinem blassen Bauch, und aus der pfeilförmigen Spitze rann die klare Flüssigkeit in den Bauchnabel. Cliff mußte zugeben, daß der junge Macker eine wunderschöne Latte hatte. Gewiß, er und Link hatten darüber gefrotzelt, wie gut sie behangen seien – ganz easy, so wie Cliff mit dem Trainer Witze gerissen hatte, als er in Links Alter gewesen war. Locker, es einfach passieren lassend, lernend, liebevoll.

Cliff schob sich nach vorn, fuhr mit den Lippen über Links entblößte Hoden, atmete den frischen, warmen, männlichen Duft ein und leckte mit der Zunge zärtlich über die Eier in dem prallen Sack. Er spürte, wie der Junge vor Lust zitterte, und leckte und lutschte an beiden fetten Eiern, dann an den Seiten und dann an dem zuckenden Schwanz.

Rhythmisch lutschten sich die beiden aneinandergeklammerten Männer gegenseitig die Schwengel. Cliff schlang die Arme um Links Hüfte, umfaßte mit den Handflächen die schlanken Arschbacken und zeichnete mit den Fingerspitzen die Spalte zwischen ihnen nach.

Link stieß einen erstickten Lustschrei aus. Ein kurzer Spermaschwall schoß Cliff in den Mund. Cliff schmeckte den würzigen Saft, schluckte ihn und saugte nach mehr. Als der heiße Samen in immer heftigeren Stößen herausquoll, wurde er vom eigenen Orgasmus überwältigt. Ja, Cliff trank Links Sperma und spritzte, blasend und geblasen werdend, selbst ab. Es war genau wie damals, als er es in Links Alter mit dem Trainer getrieben hatte! Jawoll!

Noch lange, nachdem sie ausgetrocknet waren, hielten sie sich umklammert, und dann noch länger. Als sie sich endlich trennten, legten sie, den Kopf an den Füßen des anderen, Seite an Seite zurück.

»Cliff?«

»Ja?«

»Toll, was?«

»Wie immer, Kumpel.« Cliff streckte die Hand aus, um mit Links erschlafften Genitalien zu spielen. »Machen wir's am Wochenende wieder zusammen?«

»Ich wart schon drauf.« Link drehte sich um, so daß er mit dem Kopf auf Cliffs Waschbrettbauch lag. »Wenn wir mit Deans Initiation fertig sind, würd ich gern mit dir und dem Trainer in die Falle gehen.«

»Wie das?«

»Ihr beide steht doch aufeinander, und ich steh auf euch beide«, sagte Link nachdenklich. »Als du in meinem Alter warst, bist du doch auf den Trainer abgefahren, stimmt's? Also, irgendwie gehör ich dann dazu, wenn ihr mich zwischen euch nehmt.«

»Scheiße«, brummelte Cliff. »Du bist noch 'n Junge. 'N gottverdammter Bengel.«

»Am Sonntagabend, wenn alle weg sind, würd ich gerne dableiben. Nur du und ich.«

»Okay.« Er ließ die Hand über Links feste, schimmernde Brust wandern. »Hast du vor, Dean am Wochenende in den Arsch zu ficken?«

»Na klar, Ich hab schon 'ne ganze Weile keinen Kerl mehr durchgevögelt.«

»Und wie steht's mit Robby? Er sagt, ihr Serpents habt ihn euch vorgenommen.«

»Ein paar Jungs haben ihn durchgefickt. Ich hab mich mit Blasen zufriedengegeben.« Link streckte sich faul herum. »Wir wollen ihn bei den Serpents aufnehmen.«

»Wie kommt's?«

»Er ist 'n verdammt scharfes Teil. Wenn ich den Abschluß

mache, wird er im Hohen Rat sein.« Er holte hörbar Atem. »Wenn ich weg bin, kommt Robby zu dir.«

»Scheiße, Partner–«

»Das hast du doch auch für den Trainer gemacht, als du abgingst«, sagte Link entschieden. »Hat er mir jedenfalls erzählt.«

»Der quatscht eindeutig zu viel!« knurrte Cliff. Dann beruhigte er sich und atmete langsam aus. »Okay, ich hab versucht, 'nen Ersatzmann zu finden. 'N Kerl, der ihn blasen oder sich von ihm ficken lassen würde, wenn ich weg bin, weißt du? Bis ich zurückkam.«

»Und als du wieder kamst?«

»Wir hatten uns beide verändert. Klar, ich war immer noch verrückt auf den Mistkerl, aber – naja, ich war erwachsen geworden.« Er ließ die Finger in Richtung auf Links nackten Schoß gleiten. »Vielleicht passiert dir das gleiche.«

»Kann sein«, sagte Link zweifelnd. Dann rutschte er herum, um seine Genitalien in Reichweite der tastenden Hand zu bringen. »Meinst'e ich krieg 'n Job als Trainer hier in Nelson?«

»Wahrscheinlich.« Cliffs Finger fanden den wieder erregten dicken, prallen Schwengel. Er kicherte. »Dreckiger Angeber!«

»Genau wie du!« Link rollte herum, so daß er flach, Schwanz an Schwanz, auf Cliff lag, und umarmte den kräftigen Mann gierig. »Scheiße, ich kann das Wochenende kaum abwarten. Die Aufnahme von Dean. Mit den Jungs rumvögeln. Mit dir und dem Trainer in die Falle. Und die letzte Nacht mit dir zusammen, nur du und ich!«

»Du hast's so gewollt«, frotzelte Cliff bedrohlich und rieb mit den Handflächen über Links Rücken, hinab bis zu den runden Kugeln seines Arschs.

»In der letzten Nacht kriegst du meinen Schwengel in den Arsch.«

»Ich wart schon drauf«, antwortete Link, plötzlich ernsthaft. »Ich will die ganze Nacht damit verbringen, daß du mich in den Hintern fickst.«

»Angeber!«

»Ich liebe dich, Cliff.«

»Auuu–« Cliff schlang die Arme um den gierigen jungen Macker, schloß die Augen und erinnerte sich an die Zeit, da er in Links Alter gewesen war und seinem Trainer das gleiche Geständnis gemacht hatte. »Ich liebe dich, Kumpel. Egal, was passiert. Voll und ganz. Und immer, verdammt!«

[illegible] Schwerpunkten

[illegible]

[illegible] Arme an den gierigen jungen

[illegible]

LOVERBOYS - EROTISCHE ROMANE UND ERZÄHLUNGEN

Broschur, jeweils DM 22,–

Loverboys 6:
John Preston:
Rituale der Macht - Mr. Benson.
208 Seiten, ISBN 3-86187-036-3

Loverboys 7:
Bob Vickery: Treibjagd.
180 Seiten, ISBN 3-86187-037-1

Loverboys 8:
Derek Adams:
Heimtückische Verführung.
240 Seiten, ISBN 3-86187-038-X

Loverboys 9:
David Laurents (Hg.): Auf Hochtouren
176 Seiten, ISBN 3-86187-039-8

BRUNO GMÜNDER

Bitte fordern Sie unseren Verlagsprospekt an!

LOVERBOYS - EROTISCHE ROMANE UND ERZÄHLUNGEN

Broschur, jeweils DM 22,–

Loverboys 10:
Larry Townsend:
Heiße Fälle für Sherlock Holmes.
256 Seiten, ISBN 3-86187-040-1

Loverboys 11:
Ernest Posey: Galaxien der Lust.
256 Seiten, ISBN 3-86187-041-X

Loverboys 12:
Tom Caffrey: Men at work.
208 Seiten, ISBN 3-86187-042-8

Loverboys 13:
Christopher Morgan (Hg.):
Sportsfreunde
192 Seiten, ISBN 3-86187-043-6

Loverboys 14:
John Preston: Gefahr im Verzug.
192 Seiten, ISBN 3-86187-044-4

BRUNO GMÜNDER

Bitte fordern Sie unseren Verlagsprospekt an!